Sing

海がくれたバラード

喜多嶋 隆

角川文庫 13010

Sing
海がくれたバラード

目次

イラスト／小島真樹

1　夢の中では、十七歳だった

わたしは、一七歳だった頃の夢を見ていた。

場所は、カイルア・ビーチ。オアフ島の東にある、人の少ない静かなビーチだ。ホノルルからだと、車で一時間もかからない。

わたしと、恋人のロビンは、そのカイルア・ビーチを、散歩していた。遅い午後で、陽射しは斜めだった。砂浜に、ロビンとわたしの影が長い。

おだやかな波音。ハワイらしい乾いた風。少し沖では、シーカヤックを漕《こ》いでいる人がいる。砂浜に面した家の庭。バーベキューをやっている。バーベキュー・グリルから、薄青い煙が、漂っている。

わたしとロビンは、波打ちぎわを、手をつないで歩いている……。そんな夢を見ていた。

犬の声で、夢から覚めた。犬が吠《ほ》える声が、近くで聞こえたので、わたしは、ゆっくりと目を覚ました。一七歳の日から、現実に戻っていく……。

眼を開ける。あたりは、薄暗い。

ゆっくり起き上がろうとした。頭に、何か布のようなものが触れた。手でさわってみる。ごわごわした感触……。そこで、思い出した。いま、わたしが寝ているのは、船の中。砂浜に上げられている小船に、もぐり込んで、ひと晩眠ったのだ。

そのせいか、起き上がろうとすると、体のあちこちが少し痛い。硬い船の床で寝たせいだろう。

それでも、わたしは、体を起こした。

ごわごわとした布が、頭の上にある。ぶ厚いキャンバス地が、小船のカバーとしてかかっている。わたしは、その中にもぐり込んで、ひと晩、過ごしたのだ。

キャンバス地のすき間から、光が入ってきている。もう、朝らしい。わたしは、腕のダイバーズ・ウォッチを見た。九時四五分だった。

わたしは、キャンバスのカバーを少し開けた。

眩《まぶ》しい陽射しに、眼を細めた。何秒かすると、やっと、光の明るさに眼が慣《な》れた。

そこは、長く続く砂浜だった。波が打ち寄せている。その波音のせいで、カイルア・ビーチの夢を見たらしい。

わたしの意識が、はっきりしてくる。

ここは、カイルア・ビーチでも、まして、ハワイでもない。日本だ。相模《さがみ》湾に面した、七里《しちり》ヶ浜《はま》の砂浜だ。

一〇メートルぐらい先に、一人の女性サーファーと、一匹の犬がいた。

犬は、黒い中型犬だ。さっき吠えていたのは、その犬だろう。サーファーは、紺地に、黄色いラインの入ったウェットスーツを身につけている。ウェットスーツは長袖《ながそで》の、いわゆるフルスーツだ。

いまは、五月中旬。

ハワイなら、半袖のシーガル。人によっては、薄いラッシュガードや水着だけで波乗りするだろう。やはり、日本の海は、まだそこまで温かくないらしい。

いま、ウェットスーツを身につけたサーファーは、砂浜に座り、足首に、パワー・コードをつけようとしていた。

若い女のサーファーだ。髪は、ショートカットにしている。年齢は、わたしと同じぐらい。一八歳か一九歳というところだろう。

足首に、パワー・コードをつけているその横顔を見ていたわたしは、〈あっ〉と胸の中で叫んでいた。あいつだ。あのコソ泥……。

サーファーは、足首にパワー・コードをつけ終わった。ゆっくりと、立ち上がった。かたわらに置いてあるサーフボードを、かかえた。三枚《トライ》フィンのボードだ。やつは、砂浜に座っている犬にふり向いた。

「いい子にして、待ってるのよ」

と言った。犬が、それに答えるように、小さく吠えた。尻《し》っ尾《ぽ》を振っている。

やつは、海の方を向いた。ボードをかかえて、深呼吸をひとつした。そして、三秒後、歩きはじめた。海に向かって、歩きはじめた。

わたしは、そっと、船にかかっているカバーをめくった。ゆっくりと小船から出た。砂浜に立った。

やつは、ボードをかかえて、海の方に歩いていく。波打ちぎわまでは、約三〇メートル。

わたしは、海を見た。たいした波は、立っていない。せいぜい、1、2フィートの波。ロング・ボードでも、乗るのが難しいかもしれない。

見回す。あたりに、サーファーの姿はない。いくら日本でも、この波では、誰も海に出ないのだろう。

それでも、やつは、海の上に歩いていく。やがて、波打ちぎわまでいった。足首を波が洗う。

そこで、やつは、ぴたりと立ち止まった。海の方を向いたまま、立ち止まった。動かない。打ち寄せるさざ波が、やつの足首を洗っている。やつは、じっと、立ち止まっている。こっちに背中を向けて、立ち止まっている。どうしたのか、全く動かない……。

そのまま、四、五分。

やつは、体の向きを変えた。こっちに向かい、ゆっくりと歩きはじめた。何か、考えているような表情。少しうつ向いて、戻ってくる。

わたしも、やつに向かって、歩きはじめた。

お互いの距離が、四、五メートルになったところで、やつは、わたしに気づいた。顔を上げ、わたしを見た。わたしは、ちょっとわざとらしく、白い歯を見せ、

「おはよう」

と言った。やつは、少し、けげんそうな表情で、わたしを見た。確かに、少し不思議だろう。朝の砂浜で、ふいに〈おはよう〉と声をかけられたのだから……。

やつは、立ち止まる。わたしを、見た。わたしは、昨日《きのう》と同じスタイルだ。タウン・アンド・カントリーの黄色いTシャツ。少し色の落ちたブルーのショートパンツ。足もとは、白のナイキ。やつは、わたしの姿を、じっと見た。二秒……三秒……四秒……五秒……。

そして、気づいた。たぶん、わたしの服装で気づいたのだろう。

身をひるがえす。走り出した。

「逃げても無駄よ！」

わたしは言った。後を追いはじめた。

といっても、やつは、サーフボードをかかえたまま走っている。たいして速く走れるわけはない。

それに気がついたのか、サーフボードを放り出した。けれど、ボードと足首は、パワー・コードで結びつけてある。

片足を引っぱられて、やつは、前のめりに転んだ。起き上がろうとしたあいつの上。わたしは馬乗りになった。

「諦《あきら》めなさいよ」

わたしは言った。やつは、右手で砂をつかむ。それを、わたしの顔に投げつけてきた。

諦めていない。わたしは、左手で自分の顔をガードした。それでも、少し、砂を、顔にくらった。SHIT《こんちくしょう》！　わたしは、右の握り拳《こぶし》を、やつの顔面に叩《たた》きつけた。

ビシッといい音がした。やつは、暴れなくなった。両手で、自分の顔をガードした。弱弱しい声で、

「痛《いた》……」

　と言った。

「もっと痛い目にあいたくなかったら、返しなさいよ、わたしの荷物」

わたしは言った。わたし達のまわりでは、犬が駆け回っている。わたし達が、遊んでいると勘ちがいしたらしい。尻っ尾を振って、駆け回っている。

「荷物は……家に戻らないと……」

やつは言った。確かに、そうだろう。ＯＫ。わたしは、ゆっくりと、立ち上がった。

「じゃ、いまから、あんたの家に行こう」

と言った。やつは、のろのろと立ち上がった。サーフボードを、また、かかえなおした。

「ほら、家に案内しなさいよ」

わたしは、やつの背中を押した。やつは、あい変わらず、のろのろとした動作で、砂浜を歩きはじめた。一見、ギヴアップしたように見える。けど、それは、見せかけだけかもしれない。また反撃してこないとは限らない。わたしは、用心したまま、やつの斜め後ろを歩いていく。犬も、わたし達についてくる。

　そうして歩きながら、わたしは、思い出していた。昨日の夕方のことを、鮮明に思い出していた。

それは、夕方の四時半頃だった。

ここから一キロぐらい離れた、七里ヶ浜の駐車場。わたしは、ハンバーガーをかじっていた。

広い駐車場が、海に面して拡がっている。わたしは、その駐車場の端にいた。コンクリートでできた防波堤のような所に腰かけていた。

自分のデイパックは、わきに置いてある。濃紺のデイパック。わたしの唯一の荷物だ。目の前には、海が拡がっていた。相模湾の海だ。たいした波は立っていない。けれど、サーファー達が何人か、海の上にいた。ボードにまたがって、波待ちをしている。

太陽は、かなり、江ノ島の方向に傾いている。陽射しも、黄色がかっている。サーファー達の顔も、白いボードも、みんな、バナナのような黄色に染まっている。

時どき、小さめの波がセットで入ってくる。サーファー達が、いっせいにテイクオフしようとする。けれど、なかなかうまく乗れない。殆《ほとん》どのサーファーが、波にとり残される。たまに波をつかまえるサーファーがいる。けれど、立っているのは、せいぜい三、四秒だ。

わたしは、そんな光景を眺めながら、ハンバーガーをかじっていた。すぐ近くの店で買ってきたハンバーガーをかじっていた。

考えていた。

さて、これから、どうしよう……。

ぼんやりと、考えていた。

とりあえず、ハワイに帰る気にはなれない。しばらくは、日本にいよう。そこまでは、決心していた。多少のお金なら、ある。けど、これで、部屋が借りられるのだろうか……。しばらくは、こっちで生活していけるのだろうか……。

そんなことを考えながら、ハンバーガーをかじっていた。

やがて、ハンバーガーを食べ終わる。ハンバーガーの包み紙だけが、手に残った。包み紙が、ゆるやかな海風に、カサカサと揺れている。

わたしは、見るともなく、水平線を眺めていた。今日は暖かいので、海の上には、少し靄《もや》がかかっている。水平線は、あまり、くっきりとは見えない。それでも、わたしは、海の拡がりを見つめていた。そうしていると、つい、ロビンのことを想ってしまう。深いブルーをしたロビンの瞳《ひとみ》を、心の中のスクリーンに映していた。

そんな瞬間だった。

何かが、わたしのすぐそばを走り抜ける音がした。同時に、自分のデイパックが、一瞬、体に触れた。

ふり向く。

自転車に乗った若い女。その片手には、わたしのデイパックが握られている。

かっぱらい！　わきに置いてあったデイパックが持ち逃げされようとしている！

自転車で走り去ろうとする女の横顔が、ちらりと見えた。わたしは、座っていた防波堤のような所から、急いでおりようとした。けれど、あわてていたらしい。体のバランスを崩した。駐車場のコンクリートの上に転んだ。肩と膝《ひざ》をぶつけた。

だけど、そんなことにかまってる場合じゃない。わたしは、立ち上がる。自転車の女を追いかけようとした。

けれど、相手はもう、四、五〇メートル先まで行ってしまっている。駐車場から、海岸道路134号に走り出すところだった。わたしも、全速で駆けた。駐車場を走り抜ける。海岸道路に出た。けど、相手は自転車だ。もう、一〇〇メートル以上先まで行ってしまっている。さらに速度を上げ、ぐんぐん遠ざかっていく。わたしは、走るのを諦めた。息をはずませながら、やつの後ろ姿を見ていた。

2 25セント玉《クォーター》が、ひとつだけ

一五分後。

わたしは、海沿いの国道１３４号を、とぼとぼと歩いていた。うつ向き、唇を嚙《か》んで、歩いていた。自分が間抜けだった。それは、よくわかっていた。ぼうっとして、ロビンのことを考えていた。そのスキをつかれたのだ。

これがハワイだったら、わたしも、あそこまで、油断はしていなかっただろう。けれど、日本に来て、もう三週間ぐらい。噂で聞いていた通り、日本は治安のいい所だと感じていた。そのせいで、気がゆるんでいたらしい。

それにしても、みごとにやられた。

あのデイパックには、殆どのものが入っていた。現金。パスポート。日本からハワイへ帰るための航空券《エア・チケット》。身のまわりのもの……。

思った。

とりあえず、警察に届けるしかないんだろう。わたしは、134号を歩きながら、そう

黄昏《たそがれ》の海岸道路を、江ノ島の方向に歩いていく……。一〇分ほど歩くと、右に曲がる道があった。そこを曲がっていくと、街並みがありそうだった。

ちょうど、地元の人らしいおばさんが歩いていた。五〇代ぐらいのおばさんが、歩いていた。わたしは、

「あの……」

と、声をかけた。おばさんは、立ち止まってくれた。わたしは、〈交番〉がどこにあるか訊《き》こうとした。けれど、〈交番〉という日本語が出てこなかった。しょうがない。

「あの……ポリス・ボックスは、どこですか?」

と英語の言い方で訊いた。おばさんは、うなずく。指さして、

「ポリバケツならね、このちょっと先。近藤っていう雑貨屋さんにあるよ。コンドウね」

と、きっぱりと言った。そのまま、歩き去っていった。わたしは、口を半開きにしていた。

そろそろ、薄暗くなってきた。

わたしは、砂浜に、ぼんやりと佇《たたず》んでいた。七里ヶ浜の西の端。江ノ島に近い方の端まで来ていた。

ショートパンツのポケットに手を入れる。入っているお金を取り出す。小銭が、三〇〇円とちょっと。あと、まぎれていた25セント玉《クォーター》が一個。これが、いまは全財産だ。

わたしは、軽く、ため息をついた。

ふと見れば、小船があった。一艘《そう》の小船が、砂浜に引き上げられていた。ヨットではない。どちらかといえば、漁師が使う小船のようだった。

小船は、かなり長い間、そこに放置されている感じだった。朽《く》ちかけていると言ってもいいだろう。上には、キャンバス地のカバーがかかっている。

わたしは、その小船のへりに、腰かけた。暮れていく砂浜と海を眺めた。また、小さくため息をついた。

さすがに、少し、めげていた。同時に、くたびれてもいた。日本に来てから、いろいろな出来事が、わたしを襲った。自分では、かなりタフな方だと思っていた。けれど、さすがにいまは、少しダウンしているのを感じていた。

同時に、少し眠くなってきていた。今朝も、やたらに早く目が覚めてしまった。このところ、よく眠れない日が多い。

見れば、小船にかかっているキャンバス地のカバーが、めくれかかっている。カバーを留《と》めているロープが一、二ヵ所、切れてしまっている。わたしは、その部分をめくって、中を見た。船の床は、平らだった。寝るだけのスペースは、充分にある。いいかもしれない。

とにかく、横になってみよう。

わたしは、カバーをめくり、船の中にもぐり込んだ。船の床に、寝転がった。丸めたロープの束があったので、それを枕にした。

一日中、陽射しを浴びていたせいか、船の中は、暖かかった。乾いている。日なたの匂いがした。

そうしていると、気持ちが落ち着くのを感じた。人は、狭い所にもぐり込むと、なぜか、落ち着いた気分になるらしい。さらに、波音が聞こえていた。砂浜に打ち寄せる柔らかな波音が聞こえていた。波の音は、いつも、疲れた心を優しく撫《な》でてくれる……。

わたしは、自分に言いきかせていた。

〈まあ、そんなに落ち込むなよ。明日になったら、警察に行けばいい。なんとかなるさ〉

そう、自分自身に言いきかせていた。くり返し、くり返し……。そうしているうちに、わたしはいつしか、眠りに落ちていった。


そんな、昨日のことを思い出しながら、わたしは歩いていた。

斜め前には、サーフボードをかかえた、やつが歩いている。いまは、そのわきを、黒い犬が歩いている。

観念したのか、やつは、おとなしく歩いていく。

砂浜から、階段を登り、海岸道路に上がった。横断歩道を渡る。しばらく行き、海岸道路から、海とは逆の方に曲がった。昨日、わたしが、地元のおばさんに道を訊いたあたりだ。

海岸道路からその道に入ると、あたりは、町らしくなる。小さな商店が、何軒か並んでいる。

一本のわき道に、やつは入っていった。車が一台、やっと通れるかどうか、そんな狭い道だ。

わき道に入って、約二〇メートル。左側に、門があった。ちょっと古ぼけた木の門だ。

やつは、その門柱にサーフボードを立てかける。ウェットスーツの襟もとに手を入れる。チェーンがついた小さな鍵《かぎ》を引っぱり出した。えらく安っぽい鍵だ。

その鍵を、門の鍵穴に入れて回した。横開きの門を、開ける。門は、ガタガタときしみながらあいた。

やつと、犬と、わたしは、門の中に入った。狭い庭と、かなり古い一軒家があった。

庭は、せいぜいピンポンができるぐらいの広さだった。その周囲には、何種類かの草木があった。植えられているというより、でたらめにはえている感じだった。

そんな庭の真ん中。どうやら、何かを栽培しているらしい。土が耕してある。小さな苗が、四、五列に植えられている。どう見ても大麻《バカロロ》ではない。

「これ何？」

指さして、わたしは訊いた。

「トマトとキュウリ」

やつが言った。なるほど。わたしは、うなずいた。庭を見回していたわたしは、その隅

に、見覚えのある葉を見つけた。一本だけ、かなり背たけのある木。その葉っぱは、どう見てもバナナだった。それを指さし、

「これ、バナナじゃないの？」

わたしは訊いた。やつは、うなずいた。

「実がなったことは無いけど」

と言った。

「へえ……」

わたしは、つぶやいた。家を見た。

瓦《かわら》屋根の平屋だった。縁側《えんがわ》がある。ガラス戸があり、その中は、畳の部屋だ。ハワイにも、和風の家はある。移住してきた日系人が、日本を懐《なつか》しんでつくった家や庭だ。けれど、そういう家は、殆どが、かなり立派だ。こんな古ぼけた小さな家は、見たことがない。

その家を眺めていたわたしは、気づいた。戸が開けっぱなしになっている畳の部屋。そこに、わたしのデイパックがあった。

わたしは、縁側に腰かけスニーカーを脱いだ。部屋に上がった。自分のデイパックに早足で歩いていった。濃紺で、やや大型。かなり使い込んだデイパックだ。その一番上には、

ウクレレの頭《ヘッド》とネックがはみ出ている。

わたしは、しゃがみ込む。デイパックを開けた。

ウクレレを取り出した。壊れてはいない。ほかのものも、取り出す。まず、着替え。Tシャツ。ショートパンツ。下着が少し。化粧品は、殆どない。気に入っているオレンジ系のリップ・クリームが一本。それだけだ。

わたしは、デイパックのポケットを開けた。まず、パスポート。これは、無事だった。そして、エア・チケット。これも、無事だった。成田からホノルルへ帰るためのオープン・チケットは、そのまま、残っていた。

最後に、サイフ。防水の素材でできているおサイフを、わたしは手に取った。開けてみる。カラッポだった。入っているはずの日本円は、千円札一枚、残っていなかった。わたしは、やつにふり向いた。おサイフを開けて見せた。

「ここに入ってたお金は？」

と冷静な声で訊《き》いた。

「……それは……」

「それは？」

「……支払いに、使っちゃって……」

「支払い？　なんの？」

わたしは訊いた。少し自分の口調がきつくなっているのがわかる。

やつは、隣りの部屋に行く。一冊の通帳のようなものを、持ってきた。それを、わたしに差し出した。

通帳の表には、〈家賃〉という文字が見えた。やつは、その通帳を開いて見せた。どうやら、それは、家賃を払ったことを示すための通帳らしい。ずらりと、〈田中不動産〉というスタンプが並んで押されている。そして、四月と五月のところにも、ま新しい色のスタンプが押されていた。

「……あんた、この家を借りてるの？」

と、わたし。やつが、うなずいた。

「で……四月と五月分の家賃を、わたしのお金で支払ったわけ？」

と、わたし。やつは、また、うなずいた。

3　殺したニワトリは、もう卵を産まない

　わたしは、あたりを見回した。

「何、探してるの？」

「電話。警察に電話するのよ」

　わたしは言った。

「電話、ひいてないわ」

「あ、そう。じゃ、一緒に、警察に行こう」

　わたしは言った。やつをまっすぐに見て言った。さすがに、やつの表情が変わった。

「お願いだから、警察はやめて。お金は、返すから」

　必死な表情で言った。

「返すって、どうやって返すのよ。あんた、先月からの家賃も払えないほど、お金がない

んでしょう？」

わたしは言った。

「あ……明日から、バイトをはじめるの。藤沢駅の近くのコンビニで。それと、来月の初めに、サーフィンの大会があるの。優勝賞金は二〇万円」

やつは、言った。あい変わらず、必死な表情で言った。言っていることは、まんざら嘘でもなさそうだった。

さて……。わたしは、考えはじめた。そして、いつか観《み》たワン・シーンを思い出していた。アメリカのハードボイルド映画のワン・シーンだ。ギャングの男が、借金のとりたてに、ある商店主のところへ行く。〈金がないから待ってくれ〉と頼む商店主。

そこで、ギャングの台詞《せりふ》。

〈いますぐぶっ殺してやりたいところだが、お前をぶっ殺しても、1セントも返ってきやしねえ。殺したニワトリは、もう卵を産まないってことだ。それじゃ、しょうがない。あと一ヵ月、待ってやるから、死ぬ気で働け〉

そんな台詞があった。確かに、その考え方にも一理ある。

いま、やつを警察に突き出したとしても、家賃に支払ってしまった金は、まず、一円も戻ってこないだろう。けれど、やつの言ってることが本当なら、金が戻ってくる可能性が少しはある。可能性に過ぎないけれど……。どっちが賢明な方法か、わたしは考えていた。

やつは、

「お願い！」

と言って頭を下げた。その髪から、砂粒がパラパラと落ちた。さっき、砂浜で格闘した時についた砂だろう。

「わかったわ」

わたしは言った。やつは、頭を上げた。

「いますぐ、警察に突き出しはしない。しばらく考えたいから、その間に、シャワー浴びてきたら」

わたしは言った。やつの表情が、少し、ほっとしたものに変わった。

その一〇分後。やつは、バスルームに入っていった。シャワーを浴びる音が、しはじめた。

わたしは、まず、その部屋を見回した。

部屋の隅。段ボールが二箱、横に並べてある。その上に、アロハ・シャツのようなハワイアン・テイストの生地がかけてある。そこに、写真の入った額やトロフィーが並べてあった。

わたしは、それを、一つ一つ、見ていく。写真の額は、四つあった。一つは、波に乗っているサーファー。肩ぐらいの波で、きれいなカット・バックをした瞬間を、望遠レンズでとらえている。写っているサーファーは、やつだ。

あとの三枚は、どれも、表彰式の写真だ。サーフィン大会のものらしい。表彰台に、なんとかレディス・カップと描かれているのもあり、大会名のわからないものもあった。

やつが一位になっているのが一枚、二位になっている写真が二枚あった。写真の日付けからすると、ここ一、二年のものだ。

トロフィーが四つあった。これも、サーフィン大会のものだ。スポーツ・ウェアの会社がスポンサーになっているものもあり、清涼飲料の名前がついた大会のものもあり……。

トロフィーは、優勝のが二個。二位と三位が、それぞれ一個ずつ。

わたしは、トロフィーを元に戻した。やつが、なかなか腕のいいサーファーだということは、わかった。サーフィン大会での、優勝賞金二〇万円は、まんざらハッタリではないようだ。そこまでは、わかった。

次は、やつの身元を調べる。

わたしは、この家の間取りを、ざっと見た。いまいる、縁側のついた居間が、八畳。隣りの部屋が六畳。そして、狭い台所がある。

隣りの六畳に、やつのプライベートなものが置いてあるようだ。半透明なプラスチックのケースが、四、五個、積み上げてある。その中には、服が入っているらしい。

部屋の隅には、スポーツ・バッグと、小型のデイパックが置いてある。

そのデイパックに、たぶん、身のまわりの物が入っている。わたしは、そう感じた。開けてみた。

当たり。こまごまとした物が入っている。たたんだバンダナ。サングラス。ごく小さな化粧ポーチ。何か、クーポン券のようなもの……。

そして、カード入れがあった。中のものを出してみる。いろんな店のポイント・カードが何枚か出てきた。そして、自動二輪、つまりバイクの免許証があった。

硬い表情の写真。そして、名前は、浅野久実《くみ》。生年月日は、わたしより、二ヵ月おそい。

わたしは、今年の一一月で一九歳になる。久実は、来年の一月で一九歳になる。わたしの方が、二ヵ月、年上ということになる。

久実の住所は、なんと、新潟県だった。

〈へえ……〉わたしは、心の中で、つぶやいていた。てっきり、湘南《しょうなん》か、その近くの出身と、勝手に思っていた。

日系人の多いハワイの中学校《ジュニア・ハイ》などでは、日本の地理も教える。新潟県が、ここ湘南などの逆側にあることは、わたしも知っていた。

とりあえず、久実の名前と住所を、自分の手帳にメモする。

そうしているうちに、久実が、タオルで髪を拭《ふ》きながら、バスルームから出てきた。わたしは、久実の免許証を手に持って、

「あんた、新潟の出身なのね」

と言った。久実は、バスタオルで髪を拭きながら、うなずいた。自分の免許証を見られたことに文句を言う様子はない。たぶん、久実も、わたしのパスポートや何かを見ているのだろう。

「じゃ、わたしも、シャワーを使わせてもらうから」

わたしは言った。自分のデイパックから、着替えを取り出した。

やれやれ……。わたしは、温いシャワーを浴びながら、つぶやいた。この家のシャワールーム。と言うより、日本式に風呂《ふろ》場と呼んだ方が似合う。そんな、古めかしいバスルームだ。

小さいタイルが一面に貼ってある。一人しか入れない広さだ。けれど、とりあえず、お湯のシャワーが出る。それだけでも、上出来かもしれない。

わたしは、シャワーを頭から浴びる。そうしていると、昨日からの疲れも、かなり洗い流せたような感じがする。シャワーを浴び終わる頃には、だいぶ、気持ちが立ちなおっていた。

「あんた、本当に、わたしのお金、全部使っちゃったの？」

わたしは、髪をタオルで拭きながら訊《き》いた。わたしの髪は、肩まである。けれど、もう、かなり乾いてきた。

久実は、台所で何かやりながら、

「使っちゃった……」

と言った。こっちにやってきた。

「だって、九万円近くあったでしょう？」

と、わたし。久実は、うなずいた。そして、

「家賃が、二ヵ月分で八万八千円」

と言った。ということは、一ヵ月の家賃は、四万四千円になる。それが、高いのか安いのか、あまり、よくわからない。わたしは、それを久実に訊いた。

「まあ……家賃の高い湘南で、一軒家だから、安いといえば安いかもしれないけど、こんだけ小さくてボロい家だからね……」

久実は言った。

「なんでも、漁師のおじいさんが一人で住んでた家らしい。不動産屋が、そう言ってたわ」

と久実。そう言えば、家のわきに、古い漁具のようなものがあったのを、わたしは思い出した。漁に使う網のようなものが、丸まっていたようだった。もちろん、ホコリをかぶって、ただのゴミのように見えたけれど……。

「で、家賃に八万八千円を使っちゃって、その残りは？」

わたしは訊いた。

「……残りは、ご飯のおかずと、ヨシアキのエサ」

と久実。

「ヨシアキ?」

「あの子」

久実は、庭を指さした。例の黒い犬がいた。縁側のすぐ向こうにいる。こっちを見ている。首から上だけが、縁側の上に出ている。

「あの犬が、ヨシアキ?」

と、わたし。久実は、うなずいた。犬は、どちらかというと、洋犬の雑種っぽかった。

「なんでヨシアキなの?」

「……小学校の時に、好きだった子の名前」

「ふうん……」

わたしは、つぶやいた。そして、

「いつから飼ってるの?」

と訊いた。

「飼ってるっていうか……この子、捨てられたらしいんだ……」

「捨てられた……」

久実は、うなずいた。

「去年の秋、砂浜でホットドッグかじってたら、この子が近くに寄ってきて、欲しそうにしてるんだ。体も痩《や》せちゃってて、どうも、捨てられた犬みたいだった。首輪もつけてなくて」

「……で？……」

「かわいそうだから、まず、エサをあげて、それから、首輪と鑑札もつけてあげた。日本じゃ、首輪や鑑札をつけてない犬は、野良犬ってことになって、つかまったら、処分されちゃうから」

「……処分？……」

「殺されちゃうってこと」

「……。かわいそう」

わたしは、つぶやいた。ハワイでは、犬に対して、それほど厳しくはない。

「で、あんたが飼うことにしたの？」

「まあ……。お医者にも連れていって、予防注射もしてあげたわ。それからの半年で、やっと一人前の体格になったけど……」

と久実。わたしは、心の中で、〈へえ……〉と、つぶやいていた。自分が家賃も払えないような状況なのに、犬を医者に連れていく……。久実の少し意外な一面を見た気がした。

けれど……。わたしは、気持ちを引き締めた。久実が、ひとの金を盗んだことに、変わりはないのだ。


「決めたわ」

わたしは言った。乾いた髪を、後ろでひとつに束ねた。そして、久実に言った。

「あんたは、わたしから盗んだお金で、二ヵ月分の家賃を支払った。しかも、支払ってしまった家賃が戻ってくることは、あり得ない。ということは、この家の家賃は、わたしのフトコロから出たことになる。そうなると、ここしばらくは、わたしが、ここの家主ということになる。わかる？」

わたしは言った。久実を見た。久実は、うなずいた。

「だから、当分の間、わたしは、この家に泊まる。当然の権利としてね。わかる？」

久実を見ながら、わたしは言った。久実は、また、うなずいた。その時、何か、いい匂いがした。わたしは、その匂いを、くんくんとかいだ。久実は、立ち上がる。

「ご飯が炊《た》けたわ」

と言った。台所の方に行く。わたしも、ついていった。

台所にあるガスコンロ。その上に、ご飯を炊くための釜《かま》がのっかっていた。それは、正確に言うと、釜ではなく、ただのアルミ鍋《なべ》だった。見るからに安っぽいアルミ鍋だ。そこから、ご飯の匂いが漂っていた。

わたしは、腕時計を見た。もう、正午近い。自分の腹が、ギュルッと鳴るのを感じた。えらく、空腹だった。考えてみれば、昨日の夕方、ハンバーガーをかじった。それ以来、何も食べていない。空腹で当然だろう。

久実が、居間の隅にたたんであった低いテーブルを組み立てた。小さくて丸いテーブル。確か、

「これは、卓袱台《ちゃぶだい》っていうんだっけ……」

と、わたしは訊いた。久実は、うなずいた。

「ゴミ出しの日に、捨ててあったのを、ひろってきたの」

と言った。二つの茶碗《ちゃわん》に盛ったご飯と箸《はし》を、卓袱台に置いた。ご飯には、ふりかけがかかっていた。久実は、

「いただきます」

と言った。箸を持つ。ご飯を食べはじめた。わたしも、箸を持った。持ったまま、久実に訊いた。

「あのさ……おかずを買ったって言ったじゃない？　その、おかずって、どこにあるの？」

と訊いた。久実は、箸で、自分の茶碗をさした。そして、

「これ」

と言った。

「これって……ただのふりかけじゃない……」

と、わたし。久実は、うなずいた。

「……じゃ……このふりかけが、おかずなの？……」

わたしは、また、訊いた。久実は、左手に茶碗を持ったまま、うなずいた。

4 コロッケのある豪華なディナー

わたしは、しばらく、あっけにとられていた。久実は、ふりかけをかけたご飯を、ぱくぱくと食べている。

ふりかけは、わたしも嫌いじゃない。というのも、ハワイでよく食べていたからだ。

ハワイでは、日本で言う弁当のようなものが人気がある。BENTO《ベントー》は、とっくに現地語化している。日系人はもちろん、ハワイアンや白人も、よく食べる。

そんなベントウの中でも、Zippy's《ジッピーズ》というチェーン店の〈ジップ・パック〉というベントウは、一番人気だ。いろんなおかずが入っているのだけれど、そのご飯には、ふりかけがかかっている。全く日本スタイルのふりかけがかかっている。

わたしも、〈ジップ・パック〉は、よく食べたものだった。だから、ふりかけには親しみがある。

とはいうものの、ふりかけだけの食事というのは、初めて出会った。さすがに、驚いた。

わたしは、久実に、

「こういうご飯、しょっちゅう？」

と訊《き》いた。久実は、箸を使いながら、うなずく。

「しょっちゅう」

と答えた。そうしているうちに、わたしも、空腹に我慢できなくなってきた。箸を手に取った。ふりかけご飯を、ひとくち食べた。そのとたん、

〈ん……〉

と、胸の中でつぶやいていた。うまい。いや、美味《おい》しい。もちろん、空腹のせいもあるだろう。けど、それを差し引いても、こんなに美味しい、ふりかけご飯は、初めてかもしれない。わたしは、つい素直に、

「美味しい……」

と言った。久実は、箸を持ったまま、

「このお米、うちから送ってきたやつだから」

と言った。

「……うちっていうと、新潟？」

「そう」

と久実。わたしは、うなずいた。新潟県や秋田県が米の産地だというのは、ハワイの中《ジュ》学校《ニア・ハイ》で習ったような気がする。そんなことを思い出しながら、わたしは箸を動かした。結局、ご飯をおかわりして三杯食べた。

ご飯を食べてしばらくすると、眠くなってきた。わたしは、少し昼寝することにした。自分のデイパックを枕にして、ひと眠りした。夢を見た。ハワイの夢を見た。夢の中で、わたしは、ロビンと芝生の上にいた。場所はカピオラニ公園だ。広い芝生の上に、木のテーブルとベンチがある。わたしとロビンは、そこに腰かけて、なんと、〈ジップ・パック〉を食べていた。陽射しは明るく、わたし達を包んでいた。ロビンがかけているサングラスに、わたしの姿が映っていた。幸せだった頃のわたしが……。

目が覚める。午後三時過ぎだった。

ゆっくりと体を起こした。久実は、庭にいた。こっちに背中を向けている。わたしは、縁側に出た。久実は、しゃがみ込んで、トマトとキュウリの苗を手入れしていた。そばでは、犬のヨシアキが、その作業を見守っている。久実は、わたしの足音に、ふり向いた。

「ところで、晩ご飯も、ふりかけだけなの?」

わたしは訊いた。久実は、うなずいた。

「たぶん……」

と言った。手にはめていた軍手を取る。部屋に上がってきた。奥の部屋に入り、戻ってきた。手に、小銭入れを持っている。ナイロンの平べったい小銭入れ。それを開ける。さかさまにして振った。

チャリッという音。手のひらに、小銭が落ちた。一〇円玉が一個。五円玉が一個。合計一五円。

「……これだけ?」

と、わたし。

「これだけ」

と久実。

わたしは、ショートパンツのポケットをさぐった。小銭をつかみ出した。数えてみる。三三〇円。それを見た久実が、

「金持ち……」

と言った。わたしは、軽くため息。二人の小銭を合わせても、三四五円。

「これじゃ、ハンバーガーも、買えるか買えないかだよ……」

と、わたし。

「でも……コロッケぐらいなら、買えるよ」

久実が言った。なるほど。コロッケという手があったか……。それでも、いちおう、おかずにはなる。

その三〇分後。わたしと久実は、近所の商店街にいた。なんとなく庶民的な感じの商店街だ。道路に、江ノ電の線路がある。時どき、ガタガタと江ノ電が通過していく。くすんだグリーンと黄色の路面電車が、のんびりと、道路の真ん中を通っていく。そんな、のどかな商店街を、わたしと久実は歩いていた。一軒の肉屋があった。近づいていくと、すで

に、揚《あ》げ物のいい匂いが漂っていた。店の中では、おばさんが、コロッケや何かを揚げていた。

値段が貼り出してある。コロッケ、五〇円。メンチカツ、八〇円。トンカツは、二五〇円。わたしと久実は、真剣に、それを見つめた。わたしは、ポケットの中で、全財産、三四五円を握りしめていた。

コロッケを一人一個、それが妥当な線だろう。けれど、揚げ物の匂いに負けてしまった。コロッケを、一人二個、買ってしまった。コロッケ、計四個。二〇〇円。消費税も入れて、二一〇円。残るお金は、一三五円だ。

六時過ぎ。お腹がすいてきた。

久実が、卓袱台《ちゃぶだい》の上を拭《ふ》く。そろそろ薄暗くなってきた。わたしは、居間の電気をつけようとした。電灯から下がっているヒモを引いた。

けれど、電灯はつかない。電球が切れているのだろうか。わたしは、また、下がっているヒモを二、三度、引いた。久実がふり向いた。

「それ、つかないよ」

と言った。

「どうして？」

「電気、止められちゃってるから」

「電気を、止められちゃってる？……」

「そう。電気代が払えなくて、もう二ヵ月前から、止められちゃってるんだ」

久実は言った。

「でも、ガスは使えるから、シャワーも浴びられるし、ご飯も炊ける。なんとかなるわよ」

と久実。台所から、ランプを持ってきた。灯油を使ったランプだ。マッチをすって、それに火をつける。その動作が、慣れていた。久実は、ランプを卓袱台の上に置いた。

「ま……キャンプだと思えばいいか……」

わたしは、つぶやいた。久実が、炊いたご飯を、茶碗《ちゃわん》によそって持ってきた。それと、皿にはコロッケ。一人二個。

「ひさびさに、豪華な晩ご飯……」

と久実。コロッケに、ちょっとソースをかけた。わたしも、同じようにする。食べはじ

めた。あい変わらず、ご飯は、美味しかった。わたしがそう言うと、

「うちの田んぼでできたコシヒカリは、新潟でもナンバー・ワンだから……」

と久実は言った。コシヒカリという米の名前は、わたしも知っていた。ホノルルにある日系のスーパーでは、そのコシヒカリを売ってもいた。わたしは、うなずきながら、箸《はし》を使う。

「それはそうとして、あと一三五円しかないよ」

と言った。

「明日、コンビニにバイトにいった時、バイト代を先払いしてもらえるかもしれないわよ」

久実は言った。

晩ご飯を食べ終わる。もう、何も、やることがなかった。なんせ、電気がきていないのだ。おまけに、テレビも、ステレオやラジカセも、この家にはないようだった。

わたしは、部屋の隅に置いてあるウクレレを手に取った。ランプを持って縁側に出た。

ウクレレの弦を、右手の親指で、さらりと弾《はじ》いてみる。弦のチューニングは、ずれていた。ウクレレのチューニングは、ずれやすい。しかも、もう一〇日間以上、弾《ひ》いていない。チューニングがずれて当然だろう。

わたしは、弦のチューニングをはじめた。自分の耳で、音を確かめながら、チューニングをはじめた。わたしには、絶対音感というのがあるらしい。音を聴くと、それがCの音なのか、B♭の音なのか、ほぼ正確にわかる。

そういう絶対音感を持っている人は珍しいと、誰かに言われたことがある。その時は、そんなものかな、と思っただけだったけれど……。

わたしは、ウクレレの弦を、手前から順に、一本一本、チューニングしていく。

4弦は、G……。

3弦は、C……。

2弦は、E……。

1弦は、A……。

そうして、ウクレレの弦を弾いていると、つい、このウクレレを買ってもらった時のことを思い出していた。

あれは、ハワイ。わたしが一八歳の誕生日を迎えようとしていた頃だ。ロビンが、誕生日のプレゼントにウクレレを買ってくれると言った。

それまで、わたしが弾いていたウクレレは、ひどい安物だった。しかも、どこへでも持っていく。ビーチ。ヨットハーバー。さらに、ヨットの上……。そのため、かなりいたんでいた。ネックが曲がって、弦が押さえづらくなっていた。

〈もう少し、ましなやつを買ってやるよ〉

とロビンが言った。

ある日の午後。わたし達は、カイムキにある中古楽器店に行った。ホノルルのローカルには有名な店だ。

店に入ると、ギターやウクレレが、たくさん並んでいた。窓ガラスごしに入る、午後の明るさが、楽器の弦を光らせていた。

わたしは、いくつものウクレレを、弾いてみた。一時間以上かけて、弾いてみた。そして、ひとつのウクレレを選んだ。

それは、〈カマカ〉や〈マウイ・ミュージック〉などの有名メーカーのものではない。メーカー名は入っていない。ごく普通のスタンダード・タイプだ。けれど、音がとても良かった。特に、コードを弾くと、いい感じの音がした。

わたしのように、コードを弾きながら唄《うた》う人間にとっては、いいウクレレだった。わたしは、それに決めた。ロビンも、賛成してくれた。

中古なので、１６５ドル。ロビンが払ってくれた。わたしは、お礼を言い、ロビンの頬にキスをした。

そのあと、わたしとロビンはアラ・モアナ・ビーチに行った。ひと気の少なくなったビーチ。木のベンチに腰かけ、わたしは、ウクレレを弾いた。そして、歌を口ずさんだ。ハワイアン・ソング。ビートルズ。いろいろなポップス……。わたしは、次つぎと口ずさむ。隣りでは、ロビンが、グァバ・ネクターを飲みながら聞いている。ホノルル空港を飛び立ったジャンボ・ジェットが、ゆっくりと上昇していくのが、夕陽のシルエットで見えていた。あの日……。

「あぁ!……」
という久実の声が聞こえた。翌朝の八時半だ。わたしは、びっくりして、声の聞こえた方に行く。洗面所の方だ。

5　初めて一緒に笑った日

かなり狭い洗面所。その、ヒビが入った鏡の前に、久実がいた。鏡を、見つめている様子だった。

「……どうしたの？」

わたしは訊《き》いた。久実は、こっちにふり向いた。そのとたん、わたしも、

「あーあ」

と言った。久実の左眼。そのまわりには、みごとに青黒いアザができている。日本語で俗に言う〈青タン〉というやつだ。昨日、砂浜で格闘した。その時、わたしが、右パンチをくらわせた。青タンは、それが原因でできたのだろう。こういうアザは、殴られてから、少し時間がたってから現れる場合が多い。

「……どうしよう……。九時からコンビニのバイトなのに……」

と久実。

「とりあえず、いってみなよ。お店で眼帯とか、貸してくれるかもしれないじゃない」

わたしは言った。久実の背中を押した。久実は、急いで着替える。自転車で出かけていった。


九時二〇分過ぎ。久実は、戻ってきた。さえない表情で、戻ってきた。ため息をつく。肩にかけていたデイパックをおろした。

「……バイト、駄目だった？」

と、わたし。久実は、うなずいた。

「……追い返された。二度とこなくていいって……」

「……そうか……。じゃ、バイト代の前借りも、駄目かぁ……」

わたしは、つぶやいた。久実は、無言でうなずいた。そのパンダのような左眼を見て、わたしはつい、吹き出してしまった。久実は、口をとがらせた。

「笑うなんて、ひどい。このアザをつくったのは、あんたなんだから」

と言った。

「そりゃそうだけど、ひとのお金を盗んだのは、あんたでしょう」

わたしは言い返した。そして、

「まあ……そんなこと言い合ってても、しょうがないわね。今晩のことを考えなくっちゃ……」

と言った。

その日の夕方。四時半。わたしと久実は、近くの商店街に行った。残っている一三五円を持って、晩ご飯のおかずを探していた。

商店街の中に、〈サンキュー・ストアー〉というスーパーがあった。スーパーといっても、あまり大きくはない。普通の食料品屋を少し大きくしたぐらいの店だ。

わたしと久実は、その店に入った。一三五円で買えるおかずを探していた。店の中を、見て回っていた。

歩いていた久実が、ふと、立ち止まった。〈特価品〉と書いてあるワゴンがある。その上に、いろいろな食料品が並んでいる。見れば、卵があった。一二個入りのワンパックに一〇〇円のシールが貼ってあった。

わたしと久実は、顔を見合せた。一〇〇円なら、買える。卵なら、なんとか、おかずにはなる。

「……うん……」

「いいかもしれない」

その晩ご飯は、卵のアラカルトだった。オムレツ。目玉焼き。そして、温かいご飯に生卵をかけて食べた。

異変が起きたのは、夜中だった。三時近くに、目が覚めた。お腹が痛い。ゴロゴロ、鳴っている。急いでトイレに入った。みごとな下痢だ。トイレを出たとたん、久実が腹を押さえて起きてきた。あわてててトイレに入っていった。しばらくすると、出てきた。

「やられた、あの卵よ。いたんでたんだ……」

廊下に座り込んで、わたしは言った。

「どうりで安いと思った」

と久実。

「ちっくしょう」

「何が、〈サンキュー・ストアー〉だ」

わたしは言った。そうしているうちに、また、お腹がゴロゴロといいはじめた。あわてて、トイレに入る。わたしと久実は、廊下に座り込んで、かわりばんこに、トイレに入った。そうしているうちに、ガラス戸の外が、薄明るくなってきた。

わたしと久実は、廊下にへたり込んでいた。しだいに、トイレに入る回数は減ってきていた。

「やっぱ、一パック一〇〇円だもんね……」

と久実。

「やばくて当然か……」

と、わたし。そのうち、なんだか、可笑《おか》しくなってきた。安さに釣られて卵を買って、お腹をこわしてる自分、いや自分達が、おかしくなってきた。いたんでる卵を売る店も悪い。けど、値段に釣られて買った自分達も、間抜けだったのだ。

わたしは、くくくっと、笑いはじめた。まだゴロゴロといっているお腹をかかえて、笑いはじめた。

それにつられて、久実も、笑いはじめた。ここまでくると、笑うしかない。わたしと久実は、廊下の壁にもたれて、座り込んだまま、くくくっと、力の入らない笑い声を上げていた。

「……まったく……」

「ちっくしょう……」

「……まいったわね……」

そんなことをつぶやきながら、笑い続けていた。ふと考えてみれば、やけっぱちにしろ、笑うなんて、二週間ぶりのような気がした。たぶん、そんなものだろう。

それと同時に、久実との間にあったバリアー、つまり壁が、殆《ほとん》ど無くなった気がした。同じ卵の被害者ということなのか……。とにかく、初めて、二人、一緒に、笑っている。

夜明けの廊下に座り込んで、笑っている。それは、まぎれもない事実だった。庭で、何か、小鳥がさえずるのが聞こえはじめていた。

その日は、お粥《かゆ》で過ごした。お粥に、例によって、ふりかけを散らす。それはそれで、なかなかいける。もともとお米が美味《おい》しいせいだろう。

台所には、お米の入った段ボール箱が置いてあった。かなり大きな段ボール箱だった。

「こうやって、お米を送ってきてくれるってことは、あんたの親は、サーフィンやるのを応援してくれてるわけ？」

朝ご飯兼昼ご飯を食べながら、わたしは訊《き》いた。久実は、首を横に振った。

「まるで、まるで。父にとっちゃ、サーファーなんて、宇宙人かエイリアンよ。……まあ、田んぼ仕事ひと筋の人だから、仕方ないけどね……。お米は、父に内緒で、母さんが送ってくれてるの」

と言った。わたしは、小さく、うなずいた。

「それにしてもさ……そんな、新潟出身のあんたが、なんで、サーフィンやろうと思ったわけ？」

と訊いた。お粥を食べていた久実は、ちょっと手を止めた。しばらく、考えている。どう話そうか、考えている。

「……わたしが育ったのは、本当に田んぼばかりの田舎で、何もなくて、退屈なところだった。いいのは、美味しいお米が穫《と》れることだけ……。そんな田舎だから、子供の頃から、出て行きたかったわ。小学生だった頃から、家出資金を貯めてたの」

「……小学生の頃から家出資金を……」

わたしは、思わず、つぶやいた。

「そう……。義務教育の中学校を卒業したら、家を出る……。そう心に決めて、こつこつとお金を貯めてたわ」

「……へえ……」

「中学生になると、夏休みには、こっちに遊びに来てたわ」

「こっちって、湘南？」

と、わたし。久実は、うなずいた。

「中学の仲間が、茅《ち》ヶ崎《さき》に親戚《しんせき》がいて、よく来てたの。その仲間と一緒に、よく、遊びに来てたわ……」

と久実。その頃を思い出すような眼をした。

「いまでも、よく覚えてる。中学一年の夏休みだったわ……。初めて、茅ヶ崎に来た時のことは忘れられないわ。日本海と違って、明るくて、暖かくて、テレビや雑誌でしか見たことのないサーファーが本当にいて、しゃれたサーフ・ショップが並んでて……。その時、決めたの。絶対、こっちに来て、サーフィンをやるんだって」

と久実。わたしは、ただ、うなずくだけだった。

「中一で、それだけの決心するって、日本の子としちゃ、すごいわね……。で、こっちにやってきた……」

「うん……。中学の卒業式が終わった翌日、出てきた」

「一人で？」

わたしは訊いた。久実は、しばらく考え、首を横に振った。

「……仲間と……」

と言った。わたしは、ちょっと笑った。

「その仲間って、男の子でしょう……」

と言った。久実は、五秒ほど無言。やがて、微笑した。小さく、うなずいた。

「やっぱり……。で、その子も、サーファーに？」

わたしは訊いた。久実は、また数秒、考える。

「……いろいろ事情があって……いまは横浜にいる……」

と言った。正確な答えにはなっていない。けど、本当に、いろいろな事情があったのだろう。わたしは、それ以上、突っ込んでは訊かないことにした。また、ゆっくりと、お粥を食べるのを再開した。部屋に、食器の触れ合う音だけがしていた。

その夜。七時過ぎ。わたし達のお腹は、だいぶ回復していた。軟らかめの、ふりかけご飯を食べ終えた。

わたしは、ウクレレを手にした。縁側に出た。今夜は、月が出ている。満月。かなり明るい。庭からは、植物の匂いがした。草木の香り……。いまは、ちょうど、若葉のシーズンなのだろう。

そんな、心地よい空気を吸い込む。わたしは、ウクレレを弾きながら、さらりと唄《うた》いはじめた。ビートルズ・ナンバーの〈And I Love Her《アンド・アイ・ラヴ・ハー》〉。

D_m……A_m……D_m……A_m……D_m……A_m……F……G_7……C……。

ゆったりと、口ずさむ。久実が、ランプを持って、縁側に来た。わたしと並んで、縁側に腰かける。わたしが唄うのを聴いている。

やがて、わたしは、〈And I Love Her〉を唄い終えた。隣りにいる久実が、

「……あんた、いい声してるね……。聴いてて気持ちいい……」

と、つぶやいた。出会ってから初めてといえるほど、素直な口調だった。

「そうかなあ……」

と、わたし。以前にも、同じようなことを言われたことはある。けれど、

「自分じゃ、特にいい声とか思わないけど……。まあ、いつも大きな声を出してるから、声が通ることは本当みたい」

と言った。

「……いつも大きな声を出してる？」

と久実。わたしは、うなずく。

「一〇歳の頃から、ヨットをやってたの。……で、ヨットの上って、大声で叫んだり、指示を出し合ったりすることが多いのよね。そのせいで、よく通る声になったのかもしれない……」

と言った。ふと、思い起こしていた。

ホノルルの沖。ヨットの上を動き回っている一四歳の頃の自分がいた。チョコレート色に陽灼《ひや》けした顔や手足。髪はいつも後ろで束ねている。三歳、四歳年上の男の子に混ざって、大声を出しながら、動き回っていた。〈反転《タック》！〉の声が、海の上に響く。

ワイキキ・ビーチは穏やかだけれど、沖に出ると、そうでもない。かなり、波の高い日も多い。

ヨットの船首《バウ》から、海水の飛沫《しぶき》が上がる。飛沫は、スコールのように、わたし達の上に降ってくる。そんな一日を終えて、ハーバーに戻る。夕方。ヨットを桟橋に舫《もや》って、ひと息つく。桟橋に腰かけ、ダイエット・ペプシを飲みながら、夕陽を浴びている。そうしていると、チョコレート色の腕に、白い粒がついているのに気づく。それは、塩なのだ。海水を浴び続けた腕が、陽射しで乾く。すると、海水が蒸発して、塩だけが、腕に残る。指先でこすると、腕の塩は、パラパラと落ちていく。落ちていく塩粒が、ホノルルの夕陽にきらめいていた黄昏《たそがれ》……。

わたしは、ふと、そんな日々を思い出していた。

「……そうか……ヨットか……。それで、灼けてるんだ……」

久実が、つぶやいた。そして、

「ヨットって、どんなヨット？　大きなやつ？」

と訊いた。わたしは、また、ヨットのことを思い出そうとした。その時、心の中に痛みが走った。釣り針《ばり》を指に刺してしまったような、鋭い痛みが走った。

わたしは、久実の言葉には答えず、ウクレレの弦を弾《はじ》いた。親指で、弦を、ぽろりぽろりと弾いていた。

C……A_m……F……F_7……G……。庭からは、あい変わらず若葉の香りが漂っていた。月明かりが、ウクレレのナイロン弦を光らせていた。

6　彼は、ぶっきらぼうだった

彼と出会ったのは、その五日後だった。

午後の四時半。わたしは、近くにある腰越《こしごえ》の漁港をぶらぶら歩いていた。腰越の港は、あまり大きくない。どちらかといえば、小ぢんまりとした漁港だ。わたしは、たたんだビニール袋をデイパックのポケットに入れて、港を歩いていた。目的は、魚だ。

ホノルルに、ケワロ港という港がある。アラ・モアナ・S・C《ショッピング・センター》の近くだ。夕方、そこをぶらぶらしていると、魚をくれる船が、よくあった。

ケワロ港には、さまざまな船が係留されていた。英語で言う、〈コマーシャル・フィッシャーマン〉、つまり漁師。そして、チャーター・ビジネスの船。これは、お客を乗せて、トローリングやボトム・フィッシングをやらせる船で、日本式に言えば、釣り船だ。

夕方になると、そんな船たちが、岸壁に並んで、仕事の片づけをしている。

岸壁を歩いていると、よく、小型のAKU《アク》(カツオ)やAHI《アヒ》(マグロ)を釣り過ぎてしまった船に出会う。そういう船のキャプテンやクルーに、

「お魚あまってたら、くれない?」

と言うと、彼等は気さくに、〈オーケイ、持っていきな〉と言って、魚をくれたものだった。AKU、AHI、時どきは、MAHIMAHI《マヒマヒ》、つまり、シイラ……。うちは、日系人の家庭なので、そういう魚は、大歓迎だ。刺身。煮魚。焼き魚。フライ。そんなメニューがテーブルに並んだものだ。

そんなわけで、わたしはよく、ヨットハーバーの帰り道に、港に寄って、魚をもらったものだった。

日本でも、似たようなことがあるかもしれない。わたしは、そう思った。同時に、ふりかけだけのご飯には、さすがにうんざりしてきていた。これでは、栄養失調になるとも思った。

わたしは、タダで手に入る魚を求めて、腰越の港を歩いていた。

なんか、ハワイとは調子が違うなあ……。

わたしは、胸の中で、つぶやいていた。漁港を歩きはじめて、一〇分ぐらいした時だった。

港の中に、船は、かなりたくさん舫《もや》われている。けれど、あまり、人がいない。漁や釣りの片づけをしてる人の姿がない。ガランとした港の中。舫われた船だけが、かすかに揺れている。黄色みがかった夕方の陽射しが、海面に揺れている。

岸壁の係留柱《ビット》の上に、カモメがとまって、翼を休めている。

わたしは、そんな港を、ゆっくりと歩いていた。一〇歳ぐらいの男の子が一人、岸壁から釣り糸をたれている。

わたしは、少年の近くを通り過ぎた。二〇メートルほどいったところで、魚を一匹、見つけた。岸壁に、魚が一匹、落ちていた。丸っこい頭の魚だ。背中には、グレーがかった模様がある。腹側は、まっ白だ。

魚の胸ビレが、ピクピクと動いている。まだ、死んではいない。漁師が落としていった

魚かもしれない。食べられるかも……。わたしは、その魚を、つまみ上げた。ビニール袋に入れようとした。その時、

「おい」

という声がした。やけに太い声だった。そっちを見た。すぐ近くに、一艘《そう》の船が舫われている。どちらかというと、小型の船だ。その上に、若い男がいた。声をかけてきたのは、その男らしい。わたしは、その男を見た。

「それ、どうするんだ」

と彼。ぶっきらぼうな口調で訊《き》いた。

「どうって……持って帰って食べるの」

わたしは言った。

「……食べる……。そいつはクサフグだぞ」

「クサフグ？」

「ああ、フグだよ、フグ」

「フグって？」

わたしは、魚をぶら下げたまま訊き返した。

「フグも知らないのか。とにかく、食ったら死ぬぞ」

「……死ぬ……」

わたしは、つぶやいた。その男は、どう見ても、地元の人間だった。言っていることに間違いはないだろう。わたしは、持っていた魚を、海に放した。

フグというその魚は、海面に落ちてしばらくすると、泳ぎはじめた。生命力が強い。よろよろと、という感じだけど、泳ぎはじめた。夕陽が反射している海。その海中に、フグは、ゆっくりと泳ぎ去っていった。

「さっきまで、そこで釣りをしてたオッサンが捨ててったんだ、そのフグ」

と、船の上の男が言った。

わたしは、あらためて、彼と、その船を見た。

船は、小型の漁船という感じだった。小さな船室《キャビン》がある。船の上には、釣具やポリバケツ、丸めたロープなどが置かれていた。きちんと整理されて置かれている。

彼は、まだ若い。二十代のまん中辺だろう。紺色のTシャツを着ている。カーキ色のショートパンツをはいている。足には、黒いゴムゾウリを履いている。

背は高い。そう、ごつい体つきではない。が、Tシャツから出ている腕には、強靭《きょうじん》そうな筋肉がついている。

腕も脚《あし》も、コーヒーのような色に陽灼《ひや》けしている。着ているTシャツやショートパンツは、かなり着古したものだった。海水を浴びては乾かしているらしく、ゴワゴワとしている。いかにも、毎日、海に出ている様子だった。

彼は、腕時計を見た。

そして、船のまん中辺にあるハッチを開けた。柄のついた網《ネット》をつかんだ。中から、魚をすくい出しはじめた。ハッチの下は、ライヴウェル、つまり生《い》け簀《す》だったらしい。

彼は、中型の魚をネットですくい上げる。そばにあった大きなポリバケツに、放り込んでいく。バケツの中で、魚が、バタバタと暴れている。

魚を二〇匹ほどすくい上げて、彼は、またハッチを閉じた。バケツの中では、まだ、魚がはねるように動いている。大きさは、二〇から三〇センチぐらい。見るからに美味《おい》しそうな魚だ。

「それ、なんていう魚?」

わたしは、岸壁の上から訊いた。彼は、驚いた表情。

「アジも見たことないのか……。ここいらの人間じゃないな」

と彼。わたしは、うなずいた。

「東京から来たのか?」

わたしは、首を横に振った。

「もっと遠く」

「遠く?……北海道とか九州か」

「もっと遠く」

「え?……じゃ、どこだい」

「ハワイ」

わたしは言った。彼は、さすがに驚いた表情。二、三秒すると、〈嘘だろう〉という顔つきになった。

その時、一台の車が近づいてきた。軽のトラックだ。岸壁を、こっちに、ゆっくりと走ってくる。やがて、すぐそばで駐《と》まった。軽トラのドアには、〈地魚料理こしごえ〉と描《か》かれている。運転席から、小太りのおじさんがおりてきた。彼を見ると、

「ショウちゃん、お疲れさん」

と言った。どうやら、彼は、〈ショウちゃん〉らしい。彼は、魚の入ったバケツを持ち、岸壁に上げた。おじさんは、バケツの中を見る。

「今日も、いいカタが揃ってるじゃないか」

と言った。ニコニコしている。

おじさんは、軽トラの荷台から、発泡スチロールの箱をおろしてきた。バケツの魚を、

発泡スチロールの箱に移した。数をかぞえる。ズボンのヒップ・ポケットから、札入れを取り出した。札入れから、何枚かのお札を出す。それを、彼に渡した。彼は、無言でお札を受け取った。むぞうさに、ショートパンツのポケットに突っ込んだ。

「じゃ、明日もよろしくね」

と軽トラのおじさん。彼に手を振る。軽トラのギアを入れる。ゆっくりと、走り去っていった。

「さて……」

彼は、つぶやいた。キャビンの中にあるクーラー・ボックスから、缶ビールを出した。プルトップを開ける。ぐいっと飲んだ。今日一日の仕事は終わりということなのだろう。

わたしは、すぐそばの係留柱《ビット》に腰かけて、それを見ていた。

「漁師さんなの？」

と訊いた。彼は、

「ああ、見ての通り」

と言って、うなずいた。口調は、あい変わらず、ぶっきらぼうだ。一缶目のビールを飲み干した。

「さっきの魚、お金を払えば、売ってくれるの？」

わたしは訊いた。彼は、軽くうなずき、

「そりゃ、まあ、いいけど」

と言った。クーラー・ボックスから、二缶目のビールを取り出した。それを、飲みはじめる。と同時に、キャビンに入り、何か、やりはじめた。キャビンのドアは、開けっぱなしになっている。彼は、カップ焼きソバを取り出した。そのカップ焼きソバは、ハワイでも売っている。彼が取り出したのは、ビッグ・サイズ、つまり大盛りらしかった。そこへ、ジャーから熱いお湯を注いでいる。

わたしは、それを眺めながら、考えていた。さっきの、アジという魚は美味しそうだった。なんとか、手に入らないものだろうか……。

やがて、カップ焼きソバは出来上がった。船べりに腰かけ、彼は、それを食べはじめた。ビールを飲みながら、食べはじめた。

「それが、晩ご飯？」

わたしは訊いた。彼は、うなずいた。

「美味しい?」

と、わたし。

「うまくもまずくもないよ、こんなもの。腹にたまりゃいいんだ」

彼はぶすっとした声で言った。大盛りのカップ焼きソバを勢いよく食べている。見れば、キャビンの中には、カップ麵《めん》がいくつも置いてある。

「お昼も、カップ・ラーメン?」

わたしが訊くと、彼は、当然という顔で、うなずいた。その時、わたしの頭の中で、電球がチカッとついた。アイデアが、ひらめいた。わたしは、彼に声をかけた。

「ねえ、すっごく美味しいおにぎり、お昼に食べたくない?」

と言った。彼は、焼きソバを食べていた手を止める。わたしを見た。

「うまいおにぎり?」

と訊いた。わたしは、うなずいた。

「そう。絶対に保証するわ。最高のおにぎり」

「……そりゃいいけど……そのおにぎりは、誰がつくってくれるんだ……」

「わたしがつくるの。それで、朝、持ってきてあげる」

わたしは言った。彼は、わたしをじっと見ている。半信半疑といった表情だ。

「で……わたしがつくってあげたおにぎりが、ちゃんと美味しかったら、夕方、魚を少し分けてくれる？」

と、わたし。彼は、小さくうなずいた。

「なるほど……物々交換ってわけか」

「まあ、そういうこと。でも、おにぎりが本当に美味しくなかったら、魚はくれなくていいわ。その条件で、どう？」

わたしは言った。彼は、三、四秒、考える。そして、

「じゃあ、話に乗ろう。とりあえず、明日の朝、つくってこいよ」

と言った。

「オーケイ。朝は何時にここを出るの？」

「そう……おれの場合は、七時頃だな」

わたしは、うなずいた。

「了解。じゃ、七時にね」

その三〇分後。わたしは、〈サンキュー・ストアー〉にいた。この前、いたんだ卵を売っていた店だ。

店の中は、すいていた。アルバイトらしい茶色い髪の若い男が、レジにいた。暇《ひま》なので、何か漫画雑誌を読んでいる。

わたしは、店の奥に入っていく。商品を置いてある棚にかくれて、レジの方からこっちは見えない。そのあたりに、ちょうどおにぎりの中味にいいものが並んでいた。

わたしは、まず、昆布《こんぶ》のつくだ煮に目をつけた。つくだ煮の瓶《びん》づめ。それを、手に取った。周囲に人がいないのを確かめる。わたしは、昆布の瓶づめを、自分のデイパックに放り込んだ。そ知らぬ顔で、店を出た。レジのおにいちゃんは、熱心に漫画雑誌を読んでいる。

7　十一月に生まれて

家に戻る。久実は、庭にいた。犬のヨシアキにドッグ・フードをやっていた。わたしは、デイパックから、昆布の瓶づめを取り出した。

「じゃん！」

と言って、久実に見せた。久実は、驚いた表情をした。

「……それ……どうしたの……」

「かっぱらった」

と、わたし。

「あの、腐った卵を売った〈サンキュー・ストアー〉から、かっぱらった」

と言った。縁側に腰かける。事情を説明しはじめた。腰越の港に、魚をひろいにいったこと。そこで出会った漁師の〈ショウちゃん〉のこと。その辺の出来事を話した。

「だから、明日は、五時半起きで、おにぎりづくりよ」

わたしは、言った。ドッグ・フードを食べ終えたヨシアキの頭を撫《な》でながら、久実が、うなずいた。


翌朝。六時五〇分。

わたしは、久実の自転車を走らせて、腰越の港にいった。もちろん、タッパーにつめたおにぎりを持っている。五時半からご飯を炊いて、久実と二人でつくったおにぎりだ。

港に着く。昨日の夕方よりは、活気がある。どうやら、乗り合いの釣り船らしいのが客を乗せて出港していく。

〈ショウちゃん〉の小船は、同じ場所に舫《もや》われていた。もう、エンジンをかけてある。90馬力と表示されてあるヤマハの船外機が、小刻みに身ぶるいしている。薄青い排気ガスが、船の後ろに漂っていた。

彼は、わたしの姿を見ると、

「おう」

と言った。何か、道具の準備をしながら、

「本当にきたな……」

と言った。

「そりゃ、くるわよ。こないと思ったの？」

と、わたし。彼は、手を動かしながら、苦笑い。それには答えなかった。わたしは、デイパックから、タッパーを取り出した。彼に手渡した。

「はい、おにぎり」

「おう……」

彼は、そう言いながら、うなずいた。半分は、意外そうな表情をしている。本当におにぎりを持ってきたことが、かなり意外だったようだ。

「じゃ、それが美味《おい》しかったら、魚を分けてね」

わたしは言った。彼は、うなずいた。

「四時頃にゃ、戻ってる」

と言って、舫いをときはじめた。

家に戻った。五時半起きなので、さすがに少し眠い。わたしは、ひと眠りすることにした。サーフィンの準備をしている久実に、

「ちょっと寝るわ」

と言った。久実は、ウェットスーツを身につけながら、うなずいた。わたしが寝ようとする時、家を出ていく気配がした。

起きると、一一時近かった。三時間ぐらい昼寝をしたらしい。

久実は、もう、サーフィンから戻ってきているようだ。風呂《ふろ》場で、シャワーを浴びている音が聞こえる。風呂場の前の廊下に、ウェットスーツが、脱いであった。

わたしは、そのウェットスーツに触ってみた。やはり……。

ウェットスーツが、湿りけをおびているのは、膝《ひざ》から下のあたりだけだ。そこから上は、

濡《ぬ》れた気配がない。わたしの心に、クエスチョン・マークが残った。けれど、ウェットスーツから、そっと手を離した。理由は、いずれ、わかるだろう。

午後四時過ぎ。わたしは、腰越の港にいった。〈ショウちゃん〉の船は、もう、岸壁に舫われていた。彼は、わたしの姿を見ると、太い声で、

「おう」

と言った。コーヒーのように陽《ひ》灼《や》けした顔の中で、白い歯を見せた。わたしが何か言う前に、

「うまかったよ、おにぎり」

と言った。

「じゃ……お魚、くれる?」

「もちろん」

と彼は言った。その時、車のエンジン音が聞こえた。軽のヴァンが、岸壁をゆっくりと近づいてきた。車のドアには、〈寿《す》司《し》兆〉と描かれていた。

昨日と同じ。彼は、寿司屋のおやじさんらしい人に、生《い》け簀《す》からすくい上げたアジを渡し、お金を受け取った。その五分後。また別の寿司屋さんがきて、アジを買っていった。最後に、昨日きた、〈地魚料理こしごえ〉のおじさんが軽トラでやってきた。アジを二〇匹ほど買っていった。それが終わると、彼は、

「やれやれ……」

と言った。クーラー・ボックスから、缶ビールを取り出した。プルトップを開け、ぐいと飲んだ。それを眺めているわたしに、

「飲むか？」

と訊いた。わたしは、うなずいた。彼は、クーラー・ボックスから、缶ビールを出した。わたしに渡した。

「ありがとう」

わたしは言った。手の中で、缶ビールが冷たい。わたしは、プルトップを開けた。ぐいと、ひとくち飲んだ。日本に来て、初めて飲むビールだった。砂浜に水がしみ込むように、ビールがノドにしみた。ひとくち飲んで、わたしは、ほっと、息をついた。

「あのおにぎり、なんで、あんなにうまいんだ」

彼が訊《き》いた。

「お米が違うのよ」

わたしは言った。簡単に説明しはじめた。一緒に住んでる女の子。彼女の実家が新潟で、お米をつくっている。そこのコシヒカリは、抜群に美味しい。そんなお米を、送ってもらっている。そのことを、彼に話した。

わたしは岸壁に腰かけ、彼は船べりに腰かけ、話をしていた。

コシヒカリの話を、彼は、うなずきながら聞いていた。わたしは、話し終わる。彼は、

「なるほどな」

と言った。一艘《そう》の小型の漁船が、港に入ってきた。グァバ・ネクターのような濃いピンク色に染まっている港の海面。漁船の曳《ひ》く波が、ゆっくりと拡がっていく。やがて、波が、こっちまで届いた。彼の乗っている船が、かすかに揺れた。

ゆったりとビールを飲んでいた彼は、飲み終えたビールの缶を、ゴミ袋に放り込んだ。生け簀のハッチを開けた。中をのぞき込む。

「ちょうど二匹残ってる」

と言った。ネットで、二匹のアジをすくい上げた。それを、ビニール袋に入れる。わたしに差し出した。ちょうどビールを飲み終えたわたしは、お礼を言い、それを受け取った。

「また明日も、おにぎりつくってくるから、お魚くれる?」

と訊いた。彼は、微笑し、うなずいた。わたしは、

「じゃ、明日も、また朝の七時に」

と言った。ビニール袋をデイパックに入れた。岸壁から、立ち上がった。その時、彼が、

「……あのさ……」

と言った。わたしは彼を見た。

「……名前、なんていうんだ」

「名前？　わたしの？」

「ああ……。ずっと、〈あのさ〉じゃなあ……」

と彼。わたしは、うなずいた。

「ノブ」

と答えた。

「ノブ？……なんか、ばばあくさい名前だな」

と彼。

「そう？　わたしは気にしてないけど……。そう言えば、あなたの名前は？」

「ショウイチロウ。昭和の昭。一、二、三の一。太郎の郎」

彼は、いつものぶっきらぼうな口調で言った。わたしは、心の中で、〈昭一郎〉という

字を書いていた。

「あの……」

と昭一郎。

「もし出来たら、おにぎりの外側に、ノリを巻いてくれると、もっとありがたいんだけどな」

と言った。

「了解」

わたしは、白い歯を見せ、うなずいた。そばにあった自転車を押して、岸壁を歩きはじめた。二〇メートルほどいって、ふり向いた。船の上。昭一郎は、また、カップ焼きソバをつくりはじめていた。わたしは、立ち止まったまま、その姿を見ていた。思った。彼に、家族はいないのだろうか……。一緒に晩ご飯を食べる相手はいないのだろうか……。あまり長い間そこにいると彼に気づかれてしまうので、わたしは自転車にまたがる。走りはじめた。背中にしょったデイパックの中。まだ生きているアジが、時どき、ビニール袋の中でカサカサと音をたてている。

その帰り道。わたしは、例の〈サンキュー・ストアー〉に寄った。ビニールパックされている焼き海苔《のり》をしっけいした。レジのアルバイトは、あい変わらず漫画を読んでいた。


「おお！」

と久実。わたしが取り出したアジを見て、うなるように言った。夕方の五時半。家の台所だ。

「ところでさ、これって、どうやって食べたらいいの？」

わたしは、久実に訊いた。まな板の上には、二五センチぐらいのアジが二匹。もう、死んでいる。けれど、まだつやつやとして、いかにも新鮮そうだ。

「アジっていうとタタキが有名だけど、わたしはつくれないなあ……」

と久実。

「とりあえず無難なのは、塩焼きかな」

と言った。

結局、塩焼きにした。六時過ぎ。まだ、外の明るさが残っている。卓袱台《ちゃぶだい》で、わたし達は、食べはじめた。アジの塩焼きを眺め、

「ひさしぶりだね……こんなおかずのある晩ご飯……」

久実が、しみじみと言った。わたしも、うなずいた。何かを考えるより前に、空腹だった。

「いただきます」

と言い、お箸《はし》を持った。ちょっと醤油《しょうゆ》をたらしたアジの塩焼きは、身がほくほくと軟らかく、美味《おい》しかった。わたしと久実は、ただ無言で、お箸を動かしていた。


「ねえ……」

わたしは言った。そろそろ晩ご飯を食べ終わろうとする頃だ。久実が、動かしていたお箸を止めた。

「ノブっていう名前、ばあさんくさい？」

わたしは訊《き》いた。さっき昭一郎に言われたことが、ちょっと気になっていた。それで、久実に訊いてみたのだ。

「うーん……ばあさんくさいとかは思わないけど……。でもさあ、なんで、ノブってつけたのかしら」

と久実。

「一一月生まれだからよ」

「一一月？」

「そう。一一月は、November《ノーヴェンバー》。略すと、NOV。そこで、NOV《ノブ》になっちゃったわけ」

「そうか……。でも、それって、やっぱり、アメリカっぽいね」

「うーん……」

わたしは、つぶやいた。ハワイの日系人というのは、不思議なものだ。ある部分は、アメリカナイズされている。けれど、ある部分では、頑固《がんこ》に日本人らしさを守ろうとするのだ。その一例が、わたしの、ノブという名前だろう。わたしが、その話をすると、久実は素直にうなずいている。

「で……苗字《みょうじ》の宮里は？」

と久実が訊いた。わたしの苗字は、宮里という。

「宮里ってのは、沖縄に多い苗字らしいわ。うちは、もともと、沖縄からハワイに移住してきたんだって。曽《ひい》お祖父《じい》さんの時代に。……だから、わたしは、日系四世ってことになるわけ」

「へえ……」

お箸を持ったまま、久実はうなずいた。わたしは、ご飯をおかわりするために立ち上がった。

翌日。午後四時半。

わたしは、また、腰越の港にいった。今朝は、もちろん、昭一郎におにぎりを持たせた。外側にも海苔を巻いたおにぎりだ。それを持つと、昭一郎はちょっと嬉《うれ》しそうな表情で、海に出ていった。

わたしが岸壁に着くと、まだ、昭一郎は戻ってきていなかった。昭一郎の船をつける場所は、あいている。わたしは、自転車を、そばに置く。岸壁に立って待っていた。

五分ほどすると、エンジン音が聞こえてきた。船外機の音が、近づいてくる……。やがて、小船が、防波堤の先端を回って、港に入ってきた。昭一郎の船だ。

船は、スピードを落としながら、わたしのいる岸壁に近づいてくる。あと一〇メートル……。昭一郎は、舵《かじ》から手を離した。船首《バウ》の方にいく。ロープを手にした。わたしは、〈ロープを投げて〉という合図をした。昭一郎は、

「大丈夫か？」

と訊いた。わたしは、うなずいた。彼が、四、五メートル先からロープを投げてよこした。わたしは、それを受け取る。そばにあった係留柱《ビット》に結んだ。ロープを、ハーフ・ヒッチというやり方で、す早く結んだ。

昭一郎は、船尾のロープを持って、岸壁に跳び移った。ロープを、後ろのビットにくりつけた。昭一郎は、前の方に歩いてくる。わたしがビットに結んだロープを見る。かなり驚いた表情。

「どこで覚えたんだ、こんなロープワーク……」

と言った。

8　「なんだ、こりゃ」

「どこでって……」

わたしは、一瞬、口ごもった。

「ヨットをやってたから」

と言った。わたしを見ていた昭一郎は、かすかに、うなずいた。

「そうか……ヨットか……。長くやってたのか？」

「一〇歳の頃からだから、八年以上」

わたしは答えた。昭一郎は、また、うなずいた。船のエンジンを切った。船外機が黙ると、あたりは静かになった。昭一郎は、船の上の道具を片づけはじめた。

「おにぎり、どうだった？」

「ああ、もちろん、うまかった。魚のことは心配するな」

と昭一郎。その時、キャビンの中で、何か音がした。どうやら、携帯のコール音らしかった。昭一郎は、携帯を手にした。話しはじめた。

〈ああ、大丈夫。二〇匹ぐらいなら〉

と言っている。相手は、どうやら、魚の買い手らしい。魚の収獲を確認しているらしい。

やがて、昭一郎は携帯を切った。その時、エンジン音。岸壁を近づいてくる軽トラが見えた。さっそく、買い手がやってきたようだ。

その日も、昭一郎の魚はよく売れた。寿司《すし》屋が二軒、そして、地魚料理らしい店が一軒。合計で、五〇匹から六〇匹のアジが売れた。それを眺めて、

「直売なんだ……」

わたしは言った。昭一郎は、片づけをしながら、

「ああ……。市場には出さない」

とだけ言った。それ以上は、説明しなかった。もともと、口数の少ない男らしい。てきぱきと、船の上を片づけている。やがて、片づけが終わる。わたしを見た。

「きのうのアジは、うまかったか？」

「もちろん。最高だったわ」

「どうやって食べた」

「ええと、塩焼きにして」

わたしは言った。昭一郎は、かなり驚いた表情。

「あの新鮮なアジを、焼いちゃったのか……」

と言った。わたしは、うなずいた。彼は、あきれたという表情をしている。その理由が、だいたい、わかった。

「タタキっていうのが美味《おい》しいらしいんだけど、わたしも、一緒に住んでる娘《こ》も、それができなくて……」

と、わたしは言った。ハワイでは、魚をさばいたことがある。けれど、マヒマヒなどの大きな魚だ。アジみたいな小型の魚は、さばいたことがない。けれど、それを説明しても、しょうがない。言い訳がましく聞こえるだけだろう。

「ごめんね……塩焼きにしちゃって……」

わたしは言った。昭一郎は、ちょっと苦笑している。

「……しょうがないな……」

と言った。わたしは、何秒か考えた。そして、口を開いた。

「あの……もし、よかったら、タタキのつくり方を教えてくれない？　そうしたら、わたし達でも、毎日、タタキにして食べられるし」

と言った。

「教える？……どこで？……」

「わたし達の家。で、一緒に食べるってのは、どう？」

わたしは言った。昭一郎は、

「うーん……」

と考えている。

「そうしてよ。とりあえず、一人でカップ焼きソバ食べてるよりはいいでしょう？　まっ白な美味しいご飯が待ってるわよ」

わたしは、ひと押しした。やがて、昭一郎は、うなずいた。〈まっ白な美味しいご飯〉が、きいたのかもしれない。生《い》け簀《す》のハッチを開ける。中からアジをすくい上げはじめた。

ペタッ。ペタッ。

遅い午後の海岸道路134号に、ゴムゾウリの音が響いていた。昭一郎は、いつも通り、ゴムゾウリ。わたしも、久実の家にあったゴムゾウリを履いて自転車を押していた。二人分のゴムゾウリが、ペタペタとした音をたてている。昭一郎は、片手にビニール袋をさげている。中には、生け簀から出したアジが入っている。太陽は、かなり傾いている。道路に、昭一郎とわたしの影が長くのびている。

「タタキをつくるのはいいけど、ショウガとかあるのか?」

と昭一郎。わたしは、首を横に振った。

「じゃ、ネギは?」

また、首を横に振った。

「しょうがないな……」

と昭一郎。苦笑い。ちょうど、134号から、腰越の商店街に入ったところだった。昭一郎は、八百屋にいく。ショウガと万能ネギを買った。酒屋の前を通りかかった。

「ビールはあるのか?」

また、わたしは、首を横に振った。昭一郎は、自動販売機で、ビールを三缶、買った。

わたし達の家が近づいてきた。

「ただいま」

わたしは、言いながら、門を開けた。昭一郎と中に入った。そのとたん、

「キャッ」

という声が響いた。庭で、久実が犬のヨシアキを洗ってやっていた。しかも、ビキニの水着で洗っていた。突然入ってきた昭一郎に、驚いたらしい。

犬は、洗ってやってる最中に、ブルブルと身ぶるいする。水飛沫《しぶき》をすごい勢いでまき散らす。だから、久実はいつも、水着になって、ヨシアキを洗ってやっている。そこへ、男の昭一郎が現れたんで、びっくりしたんだろう。

久実は、家に飛び込んでしまった。犬のヨシアキは、きょとんとした顔をしている。

「なんか……悪いことしたかな……」

と昭一郎。わたしは苦笑い。

「気にしない、気にしない」

と言った。確かに、ここはビーチではない。普通の庭で見るビキニは、ちょっと刺激が

強かったかもしれない。

「まあ、ちょっと目の保養をしたと思えばいいじゃない。上がって上がって」

わたしは、昭一郎の背中を押した。


その一五分後。Tシャツ、ショートパンツに着替えた久実に、昭一郎を紹介した。久実は、まだ、ちょっと頬を赤く染めている。思ったより純情だ。昭一郎は、

「どうも」

とだけ言った。あい変わらず、ぼそっとした口調。もう、アジをさばく準備をはじめている。

台所。昭一郎は、そこにある包丁を見て、

「なんだ、こりゃ」

と言った。ごく普通のステンレス包丁だ。

「それじゃ、ダメ？」

わたしは、わきから訊《き》いた。もちろん、魚をさばくには、出刃包丁がいいことは知って

いる。けれど、この家には、包丁はこれ一つしかないのだ。

「まあ、仕方ないな」

昭一郎は言った。ビニール袋からアジを出す。まな板にのせる。包丁を持つ。アジを、さばきはじめた。わたしと久実は、それを見ていた。ただ、あっけにとられて、それを、ぼうっと見ていた。それだけ、昭一郎の手さばきは、見事だった。す早い。そして、正確。一匹のアジが、あっという間に、お刺身になっていく。本物の漁師とはいえ、その包丁さばきは、すごかった。ただ、ぼうっと見ているわたし達に、

「ショウガをすって。ネギも細かく刻んでくれ」

昭一郎が言った。わたしと久実は、はっとわれに返る。わたしが、ショウガをすりはじめた。久実が、果物ナイフで万能ネギを刻みはじめる。

「まあ、こんなものかな」

と昭一郎。皿の上のタタキに万能ネギを散らして、言った。ものの二〇分ぐらいで、五匹のアジは、タタキになって、皿に盛られていた。

　庭に面した部屋。卓袱台《ちゃぶだい》に、タタキの皿を置く。昭一郎は、さっき買ってきたビールを三つのグラスに注いだ。わたし達にも、飲ませてくれるらしい。

「そんじゃまあ」

　とだけ昭一郎は言った。グラスをあげる。ぐいっとひとくち飲んだ。お箸《はし》を、皿のタタキにのばした。わたしも、お箸を持つ。アジのタタキを、少しとった。醬油《しょうゆ》をちょっとつける。口に入れた。そのとたん、

「………」

　無言になってしまった。まあ、とにかく美味《おい》しかったのだ。ハワイでも、ホノルルにある寿司《すし》屋に家族でいったことはある。けれど、こんな微妙な味の魚は、食べたことがない。ハワイの刺身といえば、マグロ、カツオが殆《ほとん》どなのだ。

　久実も、ひとくちタタキを食べて、しばらく黙っていた。そして、

「信じられない……」

　と、つぶやいた。信じられないほど美味しいという意味だろう。

「そりゃ、新鮮さが違う。さっきまで海で泳いでたアジなんだから……」

　ビールのグラスを口に運びながら、昭一郎が言った。昭一郎は、ビールを飲みながら、タタキをつまんでいる。部屋の外に、夕暮れが近づいていた。庭からは、木立ちの香りが

漂っていた。二缶目のビールを飲みはじめた昭一郎が、

「こういうのも、悪くないな……」

と、つぶやいた。そして、

「なんか……合宿してた頃を思い出すな……」

と言った。

「合宿？　なんのスポーツやってたの？」

わたしは訊いた。その時だった。昭一郎の表情が曇った。急に曇った。ちょっとあわてたように、グラスのビールを飲み干した。

「まあ、ちょっと……」

とだけ言った。空のグラスに、ビールを注いだ。何かわからないけれど、本当は触れたくない話だったらしい。どんな人間にも、思い出したくないことはあるだろう……。〈過ぎた日〉というファイルの中に、しまっておきたいことはあるのだろう……。

「あんた、まっ赤だよ」

わたしは久実に言った。タタキを食べはじめてしばらくした時だった。久実の顔が、まっ赤だった。

「ほんと？」

と久実。わたしは、うなずいた。

「まるで茹《ゆ》でダコ」

と言った。たぶん、ビールのせいだろう。わたしと久実は、グラス一杯ずつしか飲んでいない。もしかしたら、すぐ赤くなるたちなのかもしれない。久実は、立ち上がる。洗面所にいって、すぐに戻ってきた。

「ほんと、茹でダコ……」

と言った。

「すぐ顔に出るたちなんだろう」

昭一郎が言った。久実は、うなずいた。

「まあ、酒にやたら強い女よりは、いい」

と昭一郎。アジのタタキを、ご飯の上にのせて食べる。そうしながら、残りのビールを飲んでいる。わたしと久実も、タタキをのせてご飯を食べはじめていた。新鮮なアジ。シヨウガとネギの香り。いくらでもご飯が食べられそうだ。三人とも、口数は少なかった。

けれど、ちょっと幸せな気分だった。

「ヨットをやってたってことは、錨《アンカー》を打ったりできるのか？」

昭一郎が、わたしに訊いた。晩ご飯が終わりかけた時だった。

「もちろん」

わたしは、うなずきながら言った。

「釣りのリールを巻くのは、できるか？」

「普通のリールなら、オーケイよ」

わたしは言った。昭一郎は、うなずく。腕組みをして、何か考えている様子……。しばらく黙っていた。二、三分して、ぽつりと口を開いた。わたしを見て、言った。

「おれの船を手伝ってくれる気はないか？」

9　青いショウガ

「船を……手伝う?……」

わたしは訊き返した。彼は、うなずく。

「いま、一人で漁をしてるんだけど、手伝いがいると助かるなと思うことがあってな。海に出て錨《アンカー》を打つ時とか、船を舫《もや》う時とか、いろいろ……」

と言った。

「わたしでよければ、手伝うわよ。どうせ暇《ひま》だし」

「……そうか……。じゃ、頼もうかな……。安いけど、バイト料は払うよ。そう……一日三千円ぐらいなら、払えると思う」

昭一郎が言った。そのとたん、久実が、飲んでいたお茶でむせた。わたしは、その背中をさすってやった。久実はたぶん、〈三千円〉と聞いて、つい、むせたんだろう。

わたしと昭一郎の間で、手伝いの話は、まとまった。

翌朝七時。わたしは、二人分のおにぎりとお茶を持って、港に行った。

もう、昭一郎はきていた。ちょうど、船のエンジンをかけようとしていた。わたしの顔を見ると、いつも通り、

「おう」

と言った。わたしは、岸壁から船に乗り移った。キャビンのすみに、おにぎりとお茶と自分のデイパックを置いた。よく晴れている。若さを感じさせる朝の光が、海面に反射していた。ひさびさに海に出る。そう思うと、気持ちが少し高揚している。

「出よう」

昭一郎が言った。わたしは、うなずき、岸壁に上がった。彼が前の舫いロープをほどく。わたしが、後ろの舫いロープをほどいた。そのまま、ロープを持って船に乗り移った。

昭一郎が、ギアを前進に入れた。船は、ゆっくりと岸壁を離れていく。防波堤の先端を回る。外海に出ていく。

ゆるい南風が吹いている。さざ波に、朝陽が当たって光っている。港の中とは、あきらかに違う風の匂い……。わたしは、船の上で大きく息を吸った。

走りはじめて、約一五分。昭一郎が、船のスピードを落とした。あたりを見回しながら、ゆっくりと船を移動させている。漁のポイントを探しているらしいのは、わかった。五分ほど、そうしていただろうか。昭一郎は、

「アンカーを打つ」

と言った。わたしは、うなずいた。船首《バウ》の方にいく。そこに、錨《アンカー》があった。アンカー・チェーン、そしてアンカー・ロープが、丸まっていた。わたしは、ふり向いた。

「水深は、どのぐらい？」

「二五メートル」

と昭一郎。わたしは、うなずいた。かなり重いアンカーを持ち上げる。船首から、海中へおろした。ゆっくりと、アンカーをおろしていく。やがて、アンカーが海底に着いたらしい。

「着底したわ」

「オーケイ。じゃ、バックするから、アンカー・ロープを出してくれ」

昭一郎は言った。船が、ゆっくりバックしはじめたのがわかる。わたしは、丸まっているアンカー・ロープを、くり出していく。

船の真下にアンカーがある状態では、アンカーは、きかない。水深の三倍は、ロープを出す。ロープが斜めになった状態でないと、アンカーは海底にくい込まないのだ。

アンカー・ロープを八割ぐらい出したところで、昭一郎が船を止めた。わたしは、アンカー・ロープを両手で握って引いてみた。アンカーは、海底に、がっちりとかかっているようだ。わたしはふり向き、

「オーケイ」

と言った。昭一郎が、うなずく。エンジンを切った。確かに、この作業を一人だけでやるのは、かなりめんどうだ。しかも、アンカーを上げる時は、もっとやっかいだ。手伝いが必要になるのは、わかる。

昭一郎は、漁の準備をはじめた。

リールのついた釣り竿《ざお》を、二本取り出した。あまりごつい竿ではない。そして、仕掛けも取り出した。一番下に、鉛の重りがある。そして、一〇本ぐらいの小さな釣りバリが、

ずらりと並んでいる。それぞれの釣りバリには、ひらひらとした細いビニールがついている。ビニール袋をハサミで細長く切ったような、半透明のものがついている。

「これが、エサのかわり？」

「そういうこと。これが水中でヒラヒラと踊る。それをシラスか何かだと思って、アジが喰《く》いついてくるんだ。まあ、一種のルアー・フィッシングとも言えるな」

昭一郎は言った。その仕掛けを、海中におろした。船の両舷《りょうげん》に、竿を一本ずつ、セットした。竿は、柔らかく、しなって揺れている。

「船の揺れで、海中の仕掛けが踊る。それを見て、アジが喰いつく」

昭一郎は言った。自分で持ってきたらしいポットから、お茶を出す。飲みはじめた。

「撒《ま》き餌《え》は？」

「しない」

昭一郎は、ぶつりと言葉を切った。

「それでも釣れるんだ……」

わたしは、つぶやいた。

「まあ、見てろ」

昭一郎が言った。その五分後だった。竿先が、ククッと動いた。二本とも、竿先が、小刻みに動いている。

「かかった。そっちを巻いてくれ！」

と昭一郎。左舷側の竿をさした。わたしは、そっちに走る。リールをす早く巻きはじめた。ハワイでも、釣りの経験はある。時どき、ヨットをとめては、魚を釣ったものだ。

わたしは、出来るだけのスピードで、リールを巻いた。確かに、魚がついている手ごたえがある。

海面に、アジが姿を現わした。仕掛けに、二匹かかっていた。もう、昭一郎が、そばにきていた。アジをす早くハリからはずす。生《い》け簀《す》に落とし込んだ。また、仕掛けを、海中に入れた。

仕掛けが海底までおりてすぐ、かかった。また、す早く、巻きはじめる。逆側の船べりでは、昭一郎が、ハリから魚をはずしていた。

今度は、三匹のアジがかかっていた。これも、昭一郎がハリからはずす。生け簀に入れた。

また仕掛けを海に入れるのかと思ったら、昭一郎は、仕掛けを上げたままにしている。

わたしは、

「仕掛け、入れないの？」

と訊いた。昭一郎は、首を横に振った。

「もう、アジの群れは、いっちまったよ」

と言った。

「じゃ、ポイント移動だ。アンカーを上げる」

昭一郎は言った。わたしが船首《バウ》にいき、アンカーを上げはじめた。おろす時の三倍ほど時間をかけて、アンカーを上げた。

「魚には、通り道があるんだ」

船の舵《かじ》を握って、昭一郎が言った。次のポイントに移動するため、船は18ノットほどで走っていた。

「……通り道？……」

「ああ。あのぐらいの大きさのアジは、小さめの群れをつくって回遊してる。それも、デタラメに泳いでるわけじゃない。やつらにも、通り道があるんだ。そこに仕掛けをおろして待ってれば、さっきみたいに釣れる」

わたしは、へえ……とうなずいた。

「でも、その通り道って、どうやって見つけたの？」

「おれは親父から教わった。……けど、その教わった通り道も、毎日、ピタリと同じ所じゃない。潮の流れによって、かなり変わる。それは、経験を積んで身につけるしかないんだ」

と昭一郎。船のスピードを落とした。次のポイントが近づいてきたらしい。わたしも、アンカーを打つ準備をはじめた。

次のポイントでも、仕掛けをおろして一五分ほどで、アジが釣れた。一〇匹以上釣れただろうか。みんな、生け簀の中で泳いでいる。わたしは、それを見て、

「……元気そう……」

と言った。昭一郎がうなずいた。

「だから、買い手が多いんだ」

と言った。わたしは、彼を見た。

「水揚げされるアジの殆《ほとん》どは、定置網にかかったやつだ。港に着いた時は、もちろん死んでる。けど、おれのアジは、生きたまま持って帰る」

「……つまり、鮮度がいい？」

「簡単に言っちまえば、そういうことだな。だから、味にうるさい客が多い寿司《すし》屋とか料理屋が、買いにくる。こういう釣りアジは、網みたいに何百匹とは獲《と》れないけど、一匹ずつの値段を高めにできるから、やっていけるんだ」

昭一郎は言った。


昼頃。回遊してくるアジを待ちながら、わたしと昭一郎は、おにぎりを食べた。海風の中で食べるおにぎりは、やたらに美味《おい》しかった。

午後の二時半頃。江ノ島の沖にアンカーを打って、アジの群れを待っていた。このポイントでは、なかなか、アジの群れに当たらない。もう二〇分以上、待っている。それでも、気持ちは良かった。太陽は、少し傾きかけている。薄いセロファンのような雲が拡がっている。吹いていた南風もおさまり、かすかな西風に変わっていた。船は、ゆり籠《かご》のように、ゆっくりと揺れていた。
わたしは、デイパックから、ウクレレを取り出した。こういうことも予想して、持ってきたのだ。ウクレレの弦を、軽く指先で弾《はじ》きながら、口ずさみはじめた。タイトルは、〈Olena《オレナ》〉。その曲を、ハワイ語で唄《うた》いはじめた。

あなたの瞳《ひとみ》は　まるでオレナ
その淡いブルーが
ちょっと淋《さび》しそう

あなたの瞳は　まるでオレナ
その澄んだブルーが
じっと遠くを見ている……

そんな歌を、わたしは、淡々と唄う。昭一郎は、じっと、聴いている。水平線の方を見つめて、じっと聴いている。やがて、わたしは唄い終わった。五、六秒して、昭一郎が、ぽつりとひとこと、

「……いい声だな……」

と、久実と同じことを言った。

「いまのは、なんていうタイトルの曲なんだ」

「〈Olena《オレナ》〉」

「オレナ？……」

「そう。オレナっていうのはハワイ語で、英語だと、ブルー・ジンジャー。つまり、青いショウガ」

「……青いショウガ？」

と昭一郎。ちょっとびっくりした顔をしている。わたしは微笑した。

「青いっていっても、ショウガの花のことなの。ハワイでは、いろんなショウガの花が、観賞用になってるのよ。赤い花は、レッド・ジンジャー。貝殻みたいな形の花は、シェル・ジンジャー。で、青い花は、ブルー・ジンジャー」

「へえ……。じゃ、いまの歌もハワイ語なのか？」

と彼。わたしは、うなずいた。

「向こうのローカル・グループが唄った曲よ」

と言った。昭一郎は、あらためて、わたしを見た。

「お前……いや、あんた……いや、ノブ……本当にハワイから来たんだ……」

と言った。

「だから、言ったじゃない」

「そりゃ、まあ……」

彼がつぶやいた時だった。竿先《さおさき》が、ツツッと動いた。

「かかった！」

わたしと昭一郎は、同時に立ち上がった。


「それにしても、よく釣れたな……」

昭一郎がつぶやいた。夕方の四時四〇分。港の岸壁だ。今日も、四軒の店が、アジを買いにきた。それぞれに二〇匹ずつ売った。それでも、生《い》け簀《す》には、まだ、何匹か残っている。ということは、八〇匹以上釣れたことになる。

「まあ、二人がかりでやったからな……」

と昭一郎。ポケットから、お札をつかみ出した。その中から、千円札を三枚、わたしに差し出した。

「少ないけど、バイト代」

「……ありがとう」

その一〇分後。船の片づけを終えたわたしと彼は、港の岸壁を歩いていた。今夜も、うちで、晩ご飯を食べることになった。並んで歩いていると、誰かが声をかけてきた。年寄りの漁師らしいおじさんだ。岸壁で、網の手入れをしている。そのおじさんが、

「おお、昭一郎、嫁でももらったか」

と言った。

「そんなんじゃねえよ」

と昭一郎。言い捨てる。歩くスピードを少し早めた。

10　8フィートの波に巻かれた時

その日の晩ご飯は、豪華だった。

昭一郎からもらった三千円から、わたしが買い物をした。まず、八百屋でトマトを買った。昭一郎も、久実も、わたしも、野菜不足だと思う。トマト・サラダぐらいつくろうと思った。〈サンキュー・ストアー〉で、ドレッシングをちゃんと買った。

そして、肉屋でコロッケを買った。もちろん、昭一郎がアジのタタキもつくってくれた。

夕方の五時半。晩ご飯をはじめた。卓袱台《ちゃぶだい》には、アジのタタキ、コロッケ、トマト・サラダが並んだ。それを眺めて、

「……すごい……」

と、久実がつぶやいた。冷蔵庫には電気がきてない。そこで、洗面器に買ってきた氷を入れ、昭一郎が買ってきた缶ビールを入れた。

わたし達は、食べはじめた。久実は、ビールをグラス半分。わたしは、グラス一杯。そして、昭一郎は、ビールをよく飲む。ゆっくりとだけど、何杯も飲んでいる。わたしは、

「今日は、よく飲むのね」

と言った。昭一郎は、うなずいた。

「明日、仕事が休みだからな」

と言った。

「休み？……」

「ああ。低気圧が近づいてるんだ。明日は、たぶん、どん曇りだ。仕事にならない」

「曇っちゃうと、アジが釣れないの？」

わたしは、コロッケを食べながら訊いた。昭一郎は、うなずいた。

「おれの釣りは、ああいうやり方だろう。曇っちゃうと、海中も暗くなる。すると、アジが回ってきても、あのヒラヒラを見つけられないから、喰《く》いつかない。だから、殆《ほとん》ど釣れないんだ」

「……なるほどね……」

「明日は、曇り。明後日《あさって》は、少し海が荒れるかもしれない。ここ一日二日は休みだな。しばらく、毎日海に出てたから、まあひと休みだ」

昭一郎は言った。グラスのビールを、ぐいと飲み干した。

翌日。午前八時。昭一郎が言っていた通り、どんよりと曇っている。久実は、サーフィンのしたくをして、家を出ていった。犬のヨシアキも一緒だ。

久実が出ていって五分後。わたしも、ゴムゾウリを履いて家を出た。このところ疑問に思っていたことを確かめるためだ。

わたしは、ゆっくり歩いて海岸通りへ出た。海岸通りを渡る。海に沿って続いている歩道を歩いていく。グレーの雲が拡がっている。けれど、サーファーは、かなり海に出ていた。そこそこの波が立っている。たぶん、低気圧が近づいているせいだろう。腰から肩ぐらいの波が立っていた。

二、三分歩いたところで、久実を見つけた。

久実は、砂浜に座っていた。サーフボードをわきに置き、海に向かって座っていた。すぐそばに、ヨシアキが座っている。わたしは、海岸道路から、それを見おろしていた。

次つぎと、サーファー達がやってくる。足首にパワー・コードをつけ、ボードをかかえ、海に入っていく。けれど、久実は動かない。じっと、砂浜に座っている。

三〇分ぐらい過ぎた時だった。

久実は、ゆっくりと立ち上がった。足首に、パワー・コードをつけた。そして、サーフボードをかかえた。海に入るのだろうか……。わたしは思った。

久実は、ヨシアキに何か言う。そして、海の方に歩きはじめた。ゆっくりと、サーフボードをかかえて歩いていく……。

波打ちぎわまでいった。押し寄せてくる波が、久実の足首を洗う。そこで、久実は、足を止めた。波打ちぎわで、立ちつくしている。

二分……三分……四分……。

そして、久実は、ゆっくりと回れ右。ヨシアキのいる砂浜に戻ってくる。その表情は、何か、考え込んでいるようだった。

波打ちぎわまでいって、戻ってくる。それは、わたしが初めて久実とこの砂浜で出会った時と全く同じだった。

そして、最近、感じていること……。

久実は、毎日のように、サーフボードをかかえ、家を出ていく。そして、三、四時間すると、帰ってくる。最初は、サーフィンをしてきたのかと思っていた。

けれど、サーフィンをしてきたにしては、髪が、濡《ぬ》れてもいないし、くしゃくしゃになってもいない。そして、脱いだウェットスーツが、あまり湿りけをおびていないのだ。湿りけをおびているのは、足先に近い部分だけだ。

海から家までは、すぐだ。もし海に入っていたら、ウェットスーツは、全体に湿りけが残っていてもおかしくない。それも、わたしが疑問に感じていたことだった。

久実は、ヨシアキのすぐそばに、また腰をおろした。立てた両膝《りょうひざ》。その上に、サーフボードをのせた。サーフボードの上に、両ひじを置いた。ちょっと、背中をまるめる。そのまま、じっと、海を見ている。何か、考え込んだような表情が、斜め後ろからでもわかった。

久実の腕からすれば、このぐらいの波は、軽くこなせるだろう。それなのに、なぜ、海に入らないのか……。わたしは、海岸道路に立ちつくしたまま、久実の後ろ姿を見ていた。

やがて、二時間近く、たった。久実は、そのままだ。わたしは、ゆっくりと歩いて家に戻った。

わたしが家に戻って二〇分ぐらいすると、久実も帰ってきた。

「ただいま」

と言った。シャワーを浴びに、風呂《ふろ》場に入っていった。

三〇分後。久実は、Tシャツ、ショートパンツに着替えてきた。もう、髪も乾いている。

「サーフィン、どうだった？」

わたしが訊《き》くと、久実は、一瞬、黙った。そして、

「……まずまず……」

と言った。わたしは、軽くため息。そして、

「本当のこと言おうよ」

と言った。久実が、はっとした表情で、わたしを見た。

「あんたとは、奇妙な縁だけど、現にいまは一緒に暮らしているわけじゃない。まあ、英語で言えば、ルーム・メイトになるわけ。ルーム・メイトといえば、友達の一種よ。だから、隠しごとはなしにしようよ」

わたしは言った。久実は、かたまったまま。じっと、わたしを見ている。

「さっき、海岸にいったんだ。で……あんたが、海に入らないで、じっと座ってたのを見てた……。なんか、事情があるんなら、話してくれてもいいと思うんだけど……」

わたしは言った。久実の表情が、さっと変わった。目を見開き、わたしを見た。そして、視線を床に落とした。

一本の棒のように突っ立っていた体が、急に、柔らかいロープのようになり、畳の上に、くずれた。居間に、ぺたんと、座り込んでしまった。

やがて、久実は、両膝をかかえる。そして、泣きはじめた。最初は、小雨がしとしと、そんな感じの泣き方だった。しだいに、本降りの雨のような、泣き方に変わっていった。

わたしは、外に出た。家から歩いて一、二分のところに、酒屋がある。酒屋の前には、自動販売機がある。

ポケットに手を突っ込んだ。お金をつかみ出した。昨日、昭一郎に三千円のバイト代をもらった。そのうちの二千円ぐらいが残っている。

自動販売機に並んでいる飲み物を、わたしは眺めた。

梅酒の入ったカクテルのようなものに目をつけた。アルコール度を見る。ビールより、だいぶ低い。これなら、アルコールに弱い久実でも大丈夫だろう。

わたしは、自動販売機にお金を入れる。梅酒カクテルを一缶買った。自分用に、ビールを一缶買った。

家に戻る。久実は、あい変わらず泣いていた。両膝をかかえ、膝に顔を押しつけるような姿勢で泣いている。

わたしは、縁側から部屋に上がった。泣いている久実の腕に、よく冷えた缶を軽く当てた。久実が、びくりとして顔を上げた。

「まあ、これでも飲んでみなさいよ。少しは、気が楽になるかも」

わたしは、久実に、梅酒カクテルの缶を渡した。久実は、それを、しばらく眺めていた。やがて、缶を開ける。ちびちびと飲みはじめた。時どき、しゃくり上げるように泣きながら、飲みはじめた。わたしも、缶ビールを飲みはじめた。

三〇分近く過ぎた。

久実は、殆《ほとん》ど泣きやんでいた。そのかわり、顔がちょっと赤くなっている。たぶん、梅酒カクテルのせいだろう。わたしは、缶ビールを手に、久実と並んで座った。

「……話せる気分になった？」

と訊いた。あまり問いつめる口調にならないように気をつけた。

久実は、さらに五、六分は黙っていた。まだ、時どき、しゃくり上げている。それも、しだいにおさまってくる。

やがて、ぽつっと口を開いた。

「……わたし……もう、駄目……」

と言った。

「……駄目？　何が……」

「……サーフィン……」

「サーフィンが駄目って……どういうこと？」

わたしは訊いた。久実は、また、わっと泣きはじめた。一〇分近く泣いていただろうか……。やっと、泣きやむ。また、数分は黙っていた。そして、口を開いた。

「……今年の四月に、沖縄で大会があったんだ。サーフィンの……」

と話しはじめた。今度は、ちゃんと話す気になったようだ。わたしは、うなずいて、

「……それで？　あんたも出場したの？」

と言った。久実は、うなずいた。

「……大会の前日から、台風なみの熱帯性低気圧が近づいてて、サイズが上がってたの……」

「サイズが上がるってのは、波が大きくなるってことね？」

と、わたし。久実は、うなずいた。鼻をすすった。

「……わたしは……なんとか頑張って、決勝まで残ったの……。波のサイズはどんどん上がって、7、8フィートになってたわ……」

「へえ……。日本としちゃ、かなり大きな波ね……」

わたしは、つぶやいた。久実は、また口を開いた。いままでためていたものを、一気に吐き出してしまいたい。そんな感じだった。

「……決勝がはじまって、わたし達選手は海に出た……。セットで入ってくる波に乗ろうとした……。わたしは、その中の一番大きな波に乗ろうとしたわ」

「…………」

「うまく波に乗りかけた……。けど、失敗した……。たぶん、波のパワーに負けたんだと思う……。わたしは、バランスを崩して、ワイプアウト、つまり、海に放り出されたわ」

「…………」

「運悪く、宙に舞った自分のボードが落ちてきて、わたしの頭に当たった……。一瞬、気が遠くなりかけたわ……。気がつくと、波の中で、もみくちゃになってた。その時、初めて、気づいたわ、自分が溺《おぼ》れかけてることに」

「………」

「必死にもがくんだけど、海面まで上がれなくて……海面が、すごく遠く感じられて……ああ、これで死ぬのかな、と思った……。そして、意識を失なった……」

「……で?……」

「意識が戻ると、病院のベッドだったわ……」

「助かったんだ……」

わたしは言ってから、間抜けな台詞《せりふ》だと思った。助かったから、久実は、こうしているのだ。

「……わたしが波に巻かれてすぐ、ライフ・ガードの人達がかけつけて、わたしを助けてくれたって、後から知らされたわ。しばらく意識を失なってたけど、水を飲んだだけですんだらしかった……。二日で退院できたわ。サーフボードがぶつかった脳にも異常はなかった」

「……まあ、よかったじゃない……」

わたしは言った。久実は、小さく、うなずいた。

「……そこまでは、よかったんだけど……」

と、つぶやいた。


「そこまでは？……」

わたしは、訊《き》き返した。久実は、小さく、うなずいた。そして、

「その後が……」

と、つぶやいた。

「その後って……どうなったの……」

「沖縄で溺れた後遺症なのかもしれないけど……サーフボードで、海に入れなくなっちゃって」

「………」

「ボードをかかえて海に入ろうとするんだけど、波打ちぎわまでいくと、体が動かなくなっちゃうんだ……。体がこわばって、足が前に進まなくなって……」

久実は、力ない声で、つぶやいた。

「……それって、恐怖心？……」

「……たぶん……。溺れて死にかけたことで、心にひどい後遺性が残ったような気がする……」

と久実。

「何回……何十回、海に入ろうとしたけど……やっぱり駄目……」

と言った。また、泣きはじめた。

「……サーフィンで、プロになろうと思ってたのに……」

とか、

「わたしからサーフィンをとったら……何も残らない……」

とか言葉の断片を口にしながら、泣きじゃくりはじめた。わたしは、その肩を、軽く叩《たた》いた。

「まあ……そう悲観せずに……とりあえず、飲もう」

と言った。立ち上がる。缶のカクテルを買うために家を出た。

翌朝。起きると、九時近かった。

いつもより、寝坊した。昨日は、ちょっと飲み過ぎた。久実をなぐさめながら、わたしも、缶ビールを五、六缶、飲んだ。わたしにしては、かなり飲んだ。そのせいで、起きられなかったらしい。

わたしは、起き上がる。

「久実……」

と言いながら、隣りの部屋にいった。久実はいつも、奥にある六畳間で寝ている。わたしは、居間にフトンを敷いて寝ているのだ。

隣りの部屋に、久実はいなかった。フトンも上げてある。わたしは、ドキリとした。家の中をす早く見て回った。久実のサーフボードがない。ウェットスーツもない。ゴムゾウリもない。

わたしは、ガラス戸を開けてみた。風に、木々が揺れている。かなり風が強い。パラパラと、横なぐりの雨が、わたしの頬を叩いた。犬のヨシアキが、縁側の下から顔を出した。ひと声、吠《ほ》えた。

わたしは、ゴムゾウリを履く。家を飛び出した。海岸に向かって走った。雨粒が、顔を叩く。けれど、かまわず、走る。

海岸道路に着いた。見渡す海は、荒れている。一面に白波が立っている。沖の方は、雨に煙って、殆《ほとん》ど見えない。わたしは、砂浜に久実の姿を見つけようと、小走り。

この荒れた海と天気では、砂浜にはひと気《け》がない。サーファーの姿も見えない。わたしは、目をこらしながら、走っていく……。不吉な予感……。

そして、見つけた。ひと気のない砂浜に、ゴムゾウリ。黄色いゴムゾウリが、砂浜に揃えてあった。それは、間違いなく久実のものだった。あの馬鹿。わたしは、胸の中で叫んでいた。久実は、サーフボードで海に入ったのだ。たぶん死ぬ気で……。視界の中に、久実の姿はない。わたしは、絶望的な気持ちで、荒れている海を見回した。

11　救出《レスキュー》

その時、ひらめいた。

それは可能性があるかもしれない。わたしはもう、駆け出していた。雨の中、全速力で走りはじめた。ひたすら走る。

腰越の港に、たどり着いた。岸壁を走る。昭一郎の船は、いつもの場所に舫《もや》われていた。防波堤で守られている港の中は、たいした波が立っていない。昭一郎の船も、あまり揺れていない。

キャビンのドアが開いている。中に、昭一郎がいた。何か、釣具を手入れしている。わたしの姿を見ると、さすがに驚いた顔をした。わたしは、船に乗り移った。

「どうした!?」

という昭一郎。わたしは、早口で事情を話した。詳しい事情は飛ばす。とにかく、いま、久実が海に出ている。死ぬ気、あるいは、死んでもいいと思って、海に出ている。それを船で捜してほしい。そのことだけを、早口で話した。

「こんな時化《しけ》てるのにか……」

と昭一郎。

「お願い！　あの娘《こ》、本当に死んじゃうよ」

わたしは言った。その気迫に押されたのか、昭一郎は、うなずいた。船のエンジンをかけた。わたしは、岸壁に上がる。船首《バウ》の舫いロープをほどいた。昭一郎が、後ろのロープをほどく。

船は、岸壁を離れた。港の中を走っているうちは、まだよかった。けれど、防波堤の先端から出ると、別世界だった。

鋭くとがった波が、船首に体当たりをくわしてくる。岩に当たったようなショック。同時に、船首から大きな波飛沫《しぶき》が上がる。キャビンの上に、飛沫が落ちてくる。窓ガラスの向こうが、一瞬、何も見えなくなる。

昭一郎は、回転式のワイパーを回した。けれど、あまり効果がない。かぶる飛沫の量が圧倒的に多い。舵《かじ》を握っている昭一郎は、それでも落ち着いた口調で、

「ちくしょう。前が見えないな」

と言った。

「バウにいって合図する！」

わたしは言った。キャビンから出た。出たとたん、波飛沫が体当たりをくらわせてきた。体が飛ばされそうになる。船べりにつかまって、なんとか、持ちこたえた。

船のたて揺れ《ピッチング》がすごい。波に当たると、船首が突き上げられて空を向く。そして、下に落ちる。

わたしは、四つんばいになって、じりじりと船首の方に進んだ。三〇秒ほどかけて、たどり着いた。船首の船べりに、しがみついた。

波飛沫は、すごい勢いで襲いかかってくる。けれど、わたしは、ひるまなかった。このぐらいの波飛沫は、ヨット・レースで何回も経験している。

飛沫が襲いかかってくる、その合間に、前方を見た。飛沫がこなくても、三、四〇メートルぐらい先までしか見えない。

正面！　網をかけてあることを示す浮標《ブイ》と赤旗が見えた。わたしは、右手で、〈右に舵を切って！〉と合図した。このままいくと、浮標につながっているロープが、船のプロペラにからんでしまう。そうなったら、お終《しま》いだ。

キャビンの昭一郎に通じたらしい。船がコースを変えたのがわかった。船首が右に向きを変える。きわどく、浮標をかわした。

と思ったら、今度は、左斜め前！　また、浮標と赤旗！　わたしは、〈左に舵を切って！〉と手で合図した。船のコースが、左に変わる。浮標と赤旗が、船のわきを通り過ぎていった。わたしは、ほっと、息を吐いた。

二〇分ほど過ぎた。ポイントに近づいてきた。久実のゴムゾウリが脱いであった砂浜。その沖あたりにやってきた。

わたしは、一度、キャビンに戻る。そのことを昭一郎に知らせた。スピードを落として、このあたりを回ってほしい。そう彼に言った。

昭一郎は、うなずいた。船のスピードを、かなり落とした。わたしは、また、船首にいった。船首から、身をのり出すようにして、いく手の海面に目をこらした。

船は、そのあたりを回りはじめた。あい変わらず、波飛沫は激しく叩《たた》きつけてくる。船は、前後左右に揺れる。波飛沫と一緒に、海藻の切れっぱしが、わたしの顔にへばりついた。

三〇分ぐらいは過ぎただろうか。久実は見つからない。風は、さらに強さをましているようだった。押し寄せてくる波の壁が、高くなってくる。これ以上がんばると、この船ごと遭難してしまうかもしれない。

〈戻ろう〉そう言うために、わたしは体を起こした。その時、視界のすみに、何かが見えた。白いものが、ちらりと見えた気がした。

錯覚《さっかく》!?

わたしは、波飛沫の中で、目をこらした。

左斜め前方！　また、白いものが、チラリと見えた。錯覚じゃない。白いものは、見えたけれど、すぐ波間に消えた。見えなくなった。

わたしは、舵を握ってる昭一郎にふり向いた。左前方を指さした。彼が、うなずいた。船が、少し左にコースを変えた。

三〇メートルぐらい先。白いものが、はっきりと見えた。細長く白っぽいもの。どうやら、サーフボードらしい。

船は、ゆっくりと、そっちに向かう。昭一郎にももう、白いサーフボードは見えているようだ。サーフボードが、しだいに近づいてくる……。あと二〇メートル。その時、ボードにつかまっている人の姿が見えた。

あと一〇メートル。ボードにつかまっているのは、久実だった。向こうも、近づいてくる船に気づいた。顔を上げた。

あと五メートル。三メートル。二メートル。もう、手が届きそうなところまできた。久実は、両手で浮いているボードにしがみついている。その顔は、こわばっている。

「何してんのよ、バカ！　死にたいの!?」

わたしは船べりから叫んだ。

「死んじゃってもいい！」

久実が叫び返してきた。

「あ、そう。じゃ、勝手にすれば」

わたしは言った。風と波に押されて、船は久実から少し遠ざかる。その時、久実が叫んだ。

「助けて！」

と叫んだ。必死な表情をしている。わたしは、右手で、〈寄せて！〉と昭一郎に合図した。船が、また、ゆっくりと、久実に寄っていく。

わたしは、船首にあった舫いロープをつかんだ。す早く、ロープの先に輪をつくった。船と久実との距離は、約二メートル。

「この輪に、肩を通して！」

わたしは久実に叫んだ。海に漂っていた人間は、疲労で握力が殆《ほとん》どなくなっていることが多い。だから、先を輪にしたロープを投げてやるのがセオリーだ。

ロープの輪は、久実の頭の上に落ちた。久実は、ぎくしゃくした動作で、それでも、ロープの輪を、自分の肩に通した。わたしは、昭一郎にふり向く。

「手伝って！」

と叫んだ。昭一郎が、す早く、そばにきた。わたしと昭一郎は、ロープを引っぱる。久実の体を、船の方に引っぱってくる。波で、船が大きく揺れる。それでも、じりじりと、久実の体を引っぱる。

久実の体が、船べりまできた。わたしと昭一郎は、久実の両腕をつかむ。力を込め、引き上げる。久実の上半身が、船べりをこえた。そして、背中、腰、両足。やっと、久実の体を、船の中に引っぱり込んだ。

久実は、船底に、ぐったりと横たわる。その足首には、パワー・コードがついている。わたしは、パワー・コードを引っぱる。サーフボードを引き寄せる。船に引っぱり上げた。

もう、昭一郎は、船の舵を握っている。わたしは、彼にふり向く。うなずいた。さらに海は荒れてきている。一秒でも早く、ずらからなければ。昭一郎が、うなずき返す。船のギアを入れた。

その約三時間後。久実は、かなり、普通の状態に戻っていた。

昭一郎と二人で、家に連れ戻った。水は飲んでいない様子だったので、とりあえず、温かいシャワーを浴びさせた。その後、長袖《ながそで》のTシャツとジーンズを着させた。

その間に、昭一郎が、紅茶のティーバッグと、ブランディーを一瓶、買ってきてくれた。

「ブランディーでもたらした紅茶飲ませてみろよ。元気になるかもしれない。おれも、家に戻って着替えるよ」

昭一郎は、そう言うと、庭から出ていった。わたしは、着替えてきた久実に、ブランディーの入った紅茶を飲ませた。

五分もすると、久実の頬に、赤味がさしてきた。こわばっていた感じの全身から、緊張感が消えていくのがわかった。

わたしは、まだ、体の奥から緊張感が消えていないのを感じていた。昭一郎が買ってきてくれたブランディーで、薄い水割りをつくった。ゆっくりと、飲みはじめた。

低気圧は、通り過ぎたらしい。もう、雨はやんでいる。風も、だいぶ弱まっている。かなり暗かった空も、やや明るくなってきていた。

わたしは、一杯目のブランディーを飲み終えた。胃が、少し温かくなっていた。その温かさが、ゆっくりと全身に拡がっていく感じがする。

わたしは立ち上がった。二杯目のブランディーをつくった。

久実は、紅茶が入っていたカップを持って、居間のまん中に座っている。両膝《りょうひざ》を立てて、じっと、座っている。少し明るくなってきた午後の庭を、ぼんやりと見ている。

わたしは、久実と並んで座った。ブランディーを飲みながら、庭を眺めた。植えてあるトマトとキュウリが、だいぶ伸びている。雨が上がったので、小鳥の声が、聞こえてきている。雨が一粒、ぽつりと落ちてきた、そんな感じで、久実が口を開いた。

「……なんか……ひどく迷惑かけちゃったね……」

と言った。わたしは、しばらく黙っていた。

「それはまあそれとして、死ぬ気だったの？」

と訊《き》いた。久実を見た。久実の横顔が、かすかにうなずいた。

「……自分でも、はっきりとは、わからないんだけど……死んじゃってもいいと思って、海に出た……それは、本当」

と言った。

「……死んじゃってもいい……」

と、わたし。久実は、はっきりとうなずいた。

「だって……サーフィンでプロになることだけ考えて、がんばってきたのに……サーフィンができなくなっちゃったら……もう、何も残ってないよ……」

と言った。

「サーフィンができるから、自分にも多少の自信が持てたし……生きててよかったなあ、と思えるのに……わたしからサーフィンをとっちゃったら、ただの田舎者だよ。田んぼの中から出てきた田舎者で、しかも、一八のガキ……。高校も出てない、ただのガキ……。それだけだもん。生きてても、この先、ろくなことないよ……」

久実は言った。わたしは、かすかに、うなずいた。

「……その気持ちは、わからないこともないな……。確かに、死にたくなるかもしれない……。でも、やっぱり、その若さで、自分の命を見捨てちゃうのは、違うと思う」

わたしは言った。久実が、わたしの横顔を見た。

「……世の中には、生きていたくても、生きてられなかった人もいるんだから……自分で命を捨てるってのは、やっぱり、よくないと思うな……」

わたしは言った。久実が、じっと、わたしの横顔を見ている。そして、口を開いた。

「……誰か……そういう人がいるの？……死んじゃった人……」

と訊いた。三、四秒して、わたしは、うなずいた。かすかに、うなずいた。ブランディーのグラスを、口に運んだ。少し迷った。けれど、久実のために、話した方がいいかなと思った。久実は、

「話してくれない？　もともと、不思議だとは思ってたんだ……。ハワイから来たあんたが、なんで、こうやってブラブラしてるのか……それが不思議だったんだ……。あんた……いや、ノブ……。よかったら、あんたの事情を話してくれない？」

と言った。

わたしは、さらに二〇秒ほど考えていた。けれど、話してみることにした。グラスに口をつける。ひとくち飲む。そして、ゆっくりと話しはじめた。ここまでの、わたしのことを、ふり返りながら、話しはじめた。

12 ヴォイス・トレーニングは海の上

わたしは、ホノルルの北側にあるマノアという住宅地で生まれた。日系四世として生まれた。

ノブ宮里という名前の苗字《みょうじ》。〈宮里〉は、沖縄に多い苗字だという。曽《ひい》お祖父《じい》ちゃんは、沖縄からハワイに移住してきた人だった。

わたしは、一一月（November《ノヴェンバー》）に生まれたので、〈Nov《ノブ》〉と名づけられた。二歳年下の弟がいる。

ハワイでの主な会話は、当然、英語だ。けれど、うちには、日系人らしさ、つまり日本人らしさを失《な》くさない、という方針があった。

だから、わたしも、弟も、普通の学校以外に、日本語学校に通わされた。その結果、日本語をしゃべるのも、基本的な読み書きも、不自由はしない子に育っていった。

うちでは、日本的な行事も、よくやった。三月の雛《ひな》祭り。五月の節句などだ。ハワイの青空をバックにひるがえる鯉のぼりは、よく覚えている。

そこには、日本人としてのアイデンティティーを失ってはいけないという、父や母の思いが、こめられていたのだろう。けれど、それは、子供達にとって、時にはトラブルの種になった。

わたしが通っている学校では、白人が殆どだった。あとは、ハワイアンが少し。そして、数えるほどしかいない日系人……。その一人が、わたしだった。

白人の中には、日系人の子供をからかう連中もいた。たいていの日系人の子は、からかわれても、おとなしくしていた。

けれど、わたしは、生まれつきのジャジャ馬娘だった。二、三歳の頃から、男の子のやることは、たいてい、男の子より上手にできた。そのために、怪我《けが》のキャリアも、かなりなものだ。

五歳のとき。男の子たちと、ヤシの樹に登る競争をした。勝ったけれど、樹から滑り落ちて、腕にひどい擦《す》り傷。

七歳のとき。野球で二塁打を打った。二塁に滑り込むとき、左足首を捻挫《ねんざ》。三週間は、松葉杖《まつばづえ》で歩く。

八歳のとき。バスケットボールをやっている最中、相手チームの男の子から、ひどいチャージをうける。喧嘩《けんか》になる。相手の急所を蹴《け》り上げる。別の男の子から顔を殴られる。鼻血が止まらず、救急車で病院へ。

学校にいくようになっても、わたしは変わらなかった。

あれは、一〇歳のときだった。確か、五月だった。同級生の白人の子が、うちの鯉のぼりのことを、からかったのだ。

「ノブ、お前んちの屋根の上で、派手な〈鰻《イール》〉が泳いでたぜ」

ハンクという白人の男の子は、ニヤニヤしながら、そう言った。白人はまず鰻《うなぎ》を食べない。鰻を食べる日系人を馬鹿にしているのだ。

「ほっといてよ。このオネショ坊やが」

わたしは、ハンクに言ってやった。ハンクは、体が大きい。けれど、ついこの前まで夜尿性だったという噂があった。ハンクの顔が、まっ赤な鬼みたいになる。何かわめきながら、わたしをぶん殴ろうとした。けれど、わたしのパンチの方が早かった。

右フック。ハンクの鼻っ柱に入った。

ハンクは、のけぞる。尻《しり》もちをついた。鼻血が吹き出して、Tシャツを汚した。はいているジーンズの前が、黒っぽく染まっていく。どうやら、オシッコをもらしたらしい。わたしはハンクを見おろす。

「あら、昼間でも、おもらしするのね」

と言ってやった。

〈おもらしハンク〉の親が、教師に訴えた。わたしと父親は、校長に呼びつけられた。わたしには、謝まる気なんてなかった。悪いのはハンクなのだ。そのことで退学になるなら、それでもいいと思った。一〇歳にして退学処分。それも、いいじゃないか。わたしは、腹をくって校長と向かい合った。

校長は、もっともらしく、セキを一発する。父に向かって、

「……まあ、今回のことは、生徒同士の喧嘩ということで、どっちが悪いとかいうことではないと思うんですが、その……」

と口を開いた。

「……お嬢さんは、女の子としては、その……なんというか……ちょっと元気が良過ぎるような傾向があるようで……」

と校長。回りくどい言い方をした。そして、また、コホンとセキを一発。

「……まあ……私が思うに、元気が良過ぎるということは、エネルギーがあまっているのではないかと……。そこで、そのエネルギーを、スポーツで発散させるというのは、どうでしょう……」

校長は、父に向かって言った。

「……スポーツ、ですか……」

と父。校長は、うなずいた。

「ええ、実は、私の知人が、ヨット・スクールをやってまして……。なかなかいい雰囲気らしいのですが、娘さんを、そこへ参加させてみるというのはどうかと思うんです」

と言った。わたしは、内心、〈ふうん……〉と思った。ちょうど、ヨットのアメリカズ・カップの行方が話題になっている時だった。

ヨットねえ……。それも悪くないか……。わたしは、胸の中で、つぶやいていた。

結局、わたしは、その翌週から、ヨット・スクールに通うことになった。けれど、そのヨット・スクールは、問題児ばかり集めたスクールだったのだ。あちこちの学校で、喧嘩などのトラブルを起こした子供達を、再教育するためのヨット・スクールだった。

そのことは知らず、わたしは、土曜日の朝、ハーバーにいった。

栈橋には、わたしと同じ年齢から、一四、五歳までの子がいた。全員、男の子だった。ライフ・ジャケットを身につけて、栈橋に集まっていた。ヒモを引くと、一瞬でふくらむ仕掛けになっているライフ・ジャケットだった。

わたしが歩いていくと、全員が見ている。まだ、コーチはきていないようだ。みんなが、わたしを見た。わたしより二、三歳年上の男の子が、ニヤニヤして、わたしの斜め前に立った。ガムを嚙《か》みながら、

「ほう……女か……」

と言った。

「ヨットの上で波くらっても、メソメソ泣くんじゃないぞ」

そう言って、わたしのヒップをするりと撫《な》でた。わたしは、そいつのライフ・ジャケットのヒモを引いた。一瞬で圧縮空気が注入され、ライフ・ジャケットはふくらんだ。わたしは、左ストレートを、やつの頰に叩《たた》き込んだ。やつは、後ろに三歩よろける。そのまま、

桟橋から水に落ちた。まわりから、笑い声がわき上がった。

「やられたな、エド！」

誰かが水に浮かんでわめいているやつに声をかけた。男の子たちは、次つぎに、わたしに自己紹介をした。そのうちの一人は、

「いい左ストレートだったぜ」

と言った。わたしの肩を、叩いた。わたしのチーム入りセレモニーは、どうやら済んだらしい。

はじめてみると、ヨットは面白かった。

最初は、二人乗りの、いわゆるディンギーからスタートした。相棒を組んだのが、三歳年上の子だった。彼が上手だったこともあるだろう。わたしは、ものの一ヵ月で、ディンギーの基本的な扱い方を身につけた。同時に、ヨットというものの面白さと手ごたえを感じていた。

帆《セイル》で風をつかんで、海面を滑っていく気持ち良さ……。

追い風、向かい風によって、刻々と変わっていくセイル・ワーク……。ヨットを反転《タック》する時の緊張感……。

それらすべて、わたしにとっては未知の体験だった。新鮮だった。

わたしは、ヨットにのめり込んでいった。朝、目覚める。窓を開ける。ヤシの葉の揺れを見る。あ、今日は東風が吹いている。そう胸の中でつぶやく。同時に、ホノルル沖の海面の様子を、思い描いていた。学校にいっていても、風が気になっていた。

そんなわけで、ヨットの腕は、ぐんぐん上がっていった。

はじめて一年目。ホノルル沖で行なわれたヨット・レース。一三歳以下の部門で、わたしと相棒のチームは、二位に入賞した。そして、翌年は優勝した。わたしは、まだ一二歳だった。

そして、一四歳になった。一八歳以下のディンギー選手で、男女に関係なく、わたしに勝てる選手はいなくなっていた。

一五歳になった年。わたしに、大型艇に乗らないかという話がもちかけられた。

そのヨット・スクールでは、33フィートの大型ヨットを、一艇持っていた。そして、ハワイのあちこちで開かれるチーム対抗戦などに出場していた。

その大型艇は、〈Trade Wind《トレード・ウインド》II〉という名前だった。日本語に訳せば、〈貿易風二世号〉ということになる。〈Trade WindII〉の乗組員《クルー》は、青少年といっても、みなベテラン。一六歳から二一歳の男ばかりだ。一五歳の、しかも女の子をクルーにするというのは、船はじまって以来のことだという。

わたしは、少し緊張しながら、そのヨットに乗り込んだ。

けれど、心配することは何もなかった。〈Trade WindII〉のクルー達は、わたしを歓迎してくれた。

もともと、二一歳になるこの船の艇長《スキッパー》、そしてクルー達が、わたしの活躍を見ていて、引っぱったという。〈あの娘《こ》を、うちのクルーにしよう〉という話がまとまり、スクールの校長もオーケイを出したらしい。

大型艇を走らせるのは、二人乗りのディンギーとは、まるで違う。どちらかというと、バスケやサッカーのチームに近いかもしれない。

何人もの人間で大型艇を走らせるのは、面白い。もちろん、それぞれの人間に役割りがあり、ぼさっとしてはいられない。

しかも、〈Trade WindII〉のメンバーは、みな、いいやつだった。もともとは、わたしと同じで、喧嘩早かったりして、このヨット・スクールに送り込まれてきたやつばかりだ。

そして、ヨット・スクールで、海を相手に鍛《きた》えられ、大型艇のメンバーになれたやつらだ。だから、みな、タフで、しぶとい。その上、ジョーク好きで、ほどほどガラが悪かった。もちろん、ヨットを走らせている時は真面目なのだけど……。

そんなチームに、わたしはすぐに溶け込んだ。半年もすると、一人前のクルーとして、動き回れるようになった。

翌年。わたしが一六歳の時、うちのチームは、ヨット・レースに出場した。

ホノルル沖をスタートし、隣りの島、モロカイ島の沖を往復するレース。クラブ対抗のヨット・レースだ。うちの艇は、殆《ほとん》どが大人ばかりのクラブ・チームに混ざって出場した。

最年長の艇長《スキッパー》が二二歳、最年少のわたしが一六歳といううちのチームは、健闘した。ファースト・ホーム（優勝）は逃がしたけれど、三分二五秒の差で二位に入った。周囲の大人達から大きな拍手を受けた。

その頃は、週末が待ち遠しかった。

週末になると、海に出た。ワイキキは穏やかだけれど、オアフ島の沖には、たいてい風が吹いている。文字通り、貿易風だ。わたし達は、そんな貿易風に帆《セイル》をふくらませて、海の上を走った。チーム・ワークのトレーニングをする。

時には、ホノルルのすぐ沖に錨《アンカー》を打って、釣りをしたりした。ハワイ語で〈クム〉という魚や、〈オパカパカ〉という魚が釣れた。みんな美味《おい》しい魚だ。

そんな日は、ハーバーに戻ると、即席のパーティーがはじまった。

桟橋にヨットを舫《もや》う。料理が得意な男の子二人が、魚を料理した。舫ったヨットの上で、パーティーがはじまる。

スクールの校長や、三人のコーチがいる間、みんなは、ソフト・ドリンクを飲んでいる。けれど、校長達が帰ってしまうと、クーラー・ボックスの底に隠してあったビールが取り出された。

黄昏《たそがれ》のホノルル。夕陽が、殆ど真横から射している。ヨット・ハーバーの白い建物も、みんなが着ている白いTシャツも、バナナ・イエローに染まっている。ヨットの上。しゃべり声。笑い声。そして、缶ビールのプルトップを開ける音……。

そんな時、メンバーにリクエストされて、わたしはウクレレを弾いて唄《うた》った。

わたしは、歩き出すより早く、ウクレレを弾いていたという。弾いていたというより、ただ、弦を指ではじいていたということなのだろう。

祖父がウクレレを弾くのが好きで、家の中に、いつもウクレレがあったのだ。わたしは、ウクレレをオモチャがわりにして、育っていった。それは、ハワイ育ちの子供としては、それほど珍しいことではない。

学校で何か嫌なことがあった時。たまに、両親にしかられた時。わたしは、庭にあるヤシの樹の根本に寄りかかって、ウクレレを弾いたものだった。そして、歌を口ずさんだ。そうしていると、不思議と、心がやすらぐのだった。

ヨットをはじめてしばらくすると、わたしの声は、以前より良くなった。正確に言うと、よく通る声になった。それは、ヨットの練習のせいだ。

二人乗りのディンギーでも、大型艇でも、仲間同士で声をかけ合うことが絶対に必要だ。海風の中でも相手によく聞こえるような声を出さなければならない。

走るヨットの上。わたしは、ごく自然に、ヴォイス・トレーニングをしていたのかもしれない。

とにかく、ヨット仲間がくつろぐ時、みんなのリクエストで、わたしはウクレレを弾きながら唄った。黄昏のハーバーに、丸っこいウクレレの音と、わたしのヴォーカルが流れていた……。

そして、一七歳をま近にした頃、わたしには、ボーイフレンドができようとしていた。

13
鶏肉《チキン》が苦手なロビン

彼の名前は、ロビン。ロビン・ナッシュといった。白人。出会った時、わたしより三歳年上の二〇歳《はたち》だった。

ロビンは、同じヨット・チームのクルーだった。もう、ハイスクールを卒業して、ハワイ大学の学生だった。

ロビンは、背が高く痩《や》せがた。薄いブルーの瞳《ひとみ》。少しプラチナがかった金髪を、長めに伸ばしている。ヨットに乗る時は、その髪を後ろで束ねていた。

このヨット・スクールに入るぐらいだから、子供の頃は、喧嘩早かったらしい。けれど、いま、そんな悪ガキの印象は残っていない。どちらかといえば、物静かでクールだった。

ヨットの上でも、いつも沈着冷静だった。

だから、艇長《スキッパー》のビルも、ロビンには一目置いていた。ヨット・レースの最中、作戦のたてなおしが必要になった時など、よく、ロビンの意見を聞いていた。

わたしは、チームに入った時から、ロビンがちょっと気になっていた。けれど、特別なつき合いはなかった。ロビンも、わたしのことは、男のクルー同様に見ているようだった。

変化が起きたのは、一〇月だった。ヨットの練習の帰り。ロビンが、自分の車のドアを開けながら、

「乗ってかないか？　送るよ」

と言った。といっても、わたしの家とロビンの家は、ちょっと方向が違う。それでも、〈送っていくよ〉というのを断わる理由はない。わたしは、彼の車に乗り込んだ。走り出してすぐ、

「ちょっと頼みごとがあるんだ」

と言った。ドル札を二、三枚取り出して、

「悪いんだけどさ、ヘアーリンスを買ってきてくれないかな」

と言った。聞けば、ロビンはずっと、姉貴のヘアーリンスを無断で使っていたのだという。つい二日前、それがバレて、姉さんにひどく怒られたらしい。自分用のリンスは自分で買えと言われたという。確かに、サラサラと長いロビンの髪には、リンスが必要だろう。

けれど、わたしは、

「そんな長い髪、切っちゃいなさいよ」

と言ってロビンをからかった。ロビンは、

「やだよ」

と強い口調で言った。その、むきになった口調に、わたしはつい吹き出してしまった。それは、いつも冷静でクールなロビンではなく、一〇歳の男の子のようだった。わたしは、急に、ロビンを身近かに感じた。

「わかったわよ、ロビン」

わたしは言った。車は、アラ・モアナ・S・C《ショッピング・センター》に入った。わたしは、二階にあるドラグ・ストア〈ロングス〉に入った。最近、ローカルの娘に人気があるバナルディのヘアー・コンディショナーを買った。車で待っているロビンに、

「はい」

と言って渡した。ロビンは、何か、もごもごと礼を言い、車を出した。

その翌月、一一月。わたしの誕生日。ロビンは、プレゼントをくれた。ハワイアン・ジ

ュエリー。ハイビスカスの花の形をしたペンダントだった。わたしは、〈ありがとう〉と言い、ロビンの頰に短かいキスをした。

そんな風にして、わたしとロビンのつき合いははじまった。

陽射しがまぶしいカピオラニ公園の芝生で、買ってきたBENTO《ベントー》を食べた。ロビンが鶏肉《チキン》が苦手なことを、わたしは知った。

ノース・ショアへひとっ走りした。バーガー・ショップ〈クア・アイナ〉に入った。ロビンが、玉ネギが好物なことを、わたしは知った。

そのほか、ロビンに関するいろいろなことを、わたしは知った。そのクールさの裏側に隠された優しさも……。

つき合いはじめて三ヵ月もすると、わたし達は、恋人同士と呼べるつき合いになっていた。ヨット・チームのメンバー達も、公認していた。

ロビンは、とりわけ、わたしのウクレレと歌が好きだった。彼とどこかへ出かける時、わたしは必ず、ウクレレを持っていった。昼間、カピオラニ公園の芝生の上で、ビートルズ・ナンバーを唄った。夕陽を浴びるカイルア・ビーチで、ハワイアン・ソングを唄った。

ロビンは、いつも、無言で、わたしの歌を聴いていた。時には目を閉じて……。

そして、わたしが一八歳の誕生日をむかえようとした時、ロビンは、わたしに、ウクレレをプレゼントしてくれたのだ。

日本に行かないか。そんな話が持ち上がったのは、わたしが一八歳になった冬だった。日本のヨット協会と、ハワイのヨット協会は、もともと交流があったらしい。その交流何十周年とかを記念して、ハワイのチームを日本のヨット・レースに招待する。そんな企画が持ち上がり、実現することになったという。

ハワイのヨット協会では、どのチームを日本に送り込むか検討して、その結果、わたし達のチームが選ばれたのだ。

大人のチーム並みの実力をそなえた青少年チームということで、確かに、わたし達のチームは独特だった。日系人のわたしがいることも、理由のひとつらしかった。

わたしが一八歳になった翌年の二月。うちのチームに、その話がきた。校長やコーチはもちろん、メンバー達にも、反対する理由がなかった。話は決まった。レースは、五月のはじめに開催されるという。

四月二六日。わたし達は、ハワイを出発した。

飛行機の窓から日本が見えてきた時は、さすがに、ドキドキした。

成田の空港から東京方面に向かうハイウェイには、ちょっとがっかりした。ホコリっぽさだけが感じられる風景だった。

わたし達を乗せたバスは、東京を素通りして、湘南へ。江ノ島の近くにあるユース・ホステルに着いた。バスをおりると、海の匂いがした。ハワイとは少し違う海の匂いだった。

翌日の昼間は、鎌倉見物。そして夕方からは、ホテルで歓迎パーティー。

のんびりできたのは、その一日だけ。二日目から、わたし達は、練習に入った。

わたし達が使うヨットは、34フィート。江ノ島のハーバーに係留されていた。まず、そのヨットに慣れなければならない。ヨットは、一艇一艇、個性もあるし、癖《くせ》もある。それを、自分達の手足のように使いこなすには、時間がかかる。

けれど、わたし達には、約一週間しか時間がない。毎日、朝の九時からヨットを海に出した。夕方の五時まで、練習をした。

そのせいか、約一週間で、なんとかそのヨットを使いこなせるようになった。

そして、五月五日。レースのスタート。

朝八時少し前。江ノ島沖のスタート地点に、出場艇が集合した。全部で二八艇が出場するという。

八時に、ここをスタートする。そして、相模湾の南西にある小さな島、初島を回って、この江ノ島沖に戻ってくる。そんなレースだった。

大会本部から渡された天気図を見て、艇長《スキッパー》のビルが、つぶやいた。

「行きはいいけど、帰りは、ちょっと苦労しそうだな……」

と言った。確かに、そんな天気図だった。南西から低気圧が近づいている。東には、高気圧がある。北東の風が強まりそうな気圧配置だった。

すでに、やや強めの北東風が吹いている。本部艇からの無線でも、午後は風が強まりそうなので、各艇、充分に注意して欲しいというコメントが流れた。

八時ジャスト。レースのスタート。

本部艇のホーンが鳴った。本部艇と浮標《ブイ》を結ぶスタートラインを、出場艇が次つぎと通過していく。みな、南西に向かう。

初島に向かう往路は、追い風だ。北東風を袋帆《スピネーカー》にうけて、ぐんぐん走る。距離をかせぐ。そうしている間にも、北東風は強さをましているようだった。

折り返し地点の初島に着く頃には、一面に白波が立っていた。それも、かなり波高のある白波だ。

初島を回る。向かい風になると、様子は一変した。鋭く切り立った波が、いく手から襲いかかってくる。ハワイでは経験したことのない、ピッチの短い波だった。

しかも、向かい風。ヨットは、ジグザグにコースを引いて、風上に向かって走らなければならない。艇長《スキッパー》のビルの表情が緊張している。

ヨットは、切り立った波に叩《たた》かれ、突き上げられる。空も、暗くなり、雨粒が落ちはじめてきた。ひどいハードな条件になってきてしまった。

事故が起きたのは、初島を回って一時間ほどした時だった。向かい波は、さらに大きさとパワーをましていた。

ヨットは、そんな波の深い谷間に落ち、その直後、下から突き上げられた。男に比べると体重の軽いわたしは、船の上で体が浮いた。はね飛ばされそうになる。とっさに、左手を伸ばした。

いつもハワイで乗っているヨットなら、そこに、つかまれるレールがあるのだ。けれど、このヨットには、それがなかった。レールをつかもうとしたわたしの左手が、空振りした。わたしは、体のバランスを崩した。ヨットから落水しそうになった。きわどく、右手が何かをつかんだ。何をつかんだのか、今ではもう覚えていない。

落水しかかったわたしに、ロビンが気づいた。わたしの方に、す早くこようとした。その瞬間だった。ヨットは、さらに大きく突き上げられた。ロビンの体が、宙に浮いた。わたしが何か叫ぶ間もなく、ロビンはヨットから落水した。

わたしは、

「ロビン！」

と絶叫していた。スキッパーのビルや他のクルーも気づいた。一人のクルーが、わたしの腕をつかんだ。ヨットの上に引き上げようとする。スキッパーのビルは、

「反転！」

と叫んだ。ヨットをUターンさせようとする。

わたしがヨットに引き上げられた時、ヨットはもうUターンしていた。クルーの二人が、救命用の浮き輪を持って、いつでも投げられるようにしている。

わたし達は、必死に目をこらした。あたりの海面を見回した。けれど、ロビンの姿は見えない。高い白波だけが、ヨットを囲っていた。

大型ヨットの場合、Uターンするのに、時間と距離が必要だ。しかも、こういう荒れた海では……。だから、落水者を救助するのが難しいことは知っていた。

クルーの一人が、無線で連絡している。事故が起きたこと。落水者がでたことを連絡している。一刻も早くヘリを出してくれと……。

ヨットは、輪を描くように、同じ海域を回っている。それだけでも、かなり大変だ。しかも、雨が本降りになってきた。視界が悪くなってきていた。わたし達は、

「ロビン！」

と叫びながら、海を見回していた。そうしているうちにも、時間は過ぎていく。五分……一〇分……一五分……二〇分……。

わたしの心に、絶望感が押し寄せてくる。ロビンは、泳ぎが上手だ。けれど、この大荒れの海で、そう長くもつとは思えない。一分過ぎるごとに、救助できる可能性は、確実に

減っていく……。

三〇分を過ぎた頃、頭上でヘリの音が聞こえた。たぶん、救助のヘリだろう。

けれど、見上げても、視界が悪くて、ヘリは見えない。ヘリからも、海面はあまりよく見えてはいないだろう。わたしは、雨に打たれ、波飛沫《しぶき》を浴びながら、茫然《ぼうぜん》と、周囲の海を見つめていた。

結局、その日、ロビンは見つからなかった。わたし達のヨットは、夕方の五時過ぎに、江ノ島のハーバーに戻ってきた。それ以上、現場にいると、ヨットそのものが遭難する恐れがあった。いざ、現場を離れる決断は、スキッパーのビルがした。ビルは、わたしを見つめ、

「ハーバーに戻る」

と言った。わたしは、唇をかみ、無言でうなずいた。ロビンを捜すために、全員の命を危険にさらすことはできない。わたしも、ヨット乗りのはしくれだ。そのことは、よくわかっていた。

14 彼が眠るこの海に……

わたし達は、宿舎のユース・ホステルに戻った。全員、ぐったりしていた。口もきけないような状態だった。

大会の主催者や警察との話合いは、スキッパーのビルがやっている。わたしは、自分の部屋に戻った。シャワーを浴びる気力もなかった。タオルで濡《ぬ》れた髪を拭《ふ》く。乾いた服に着替えた。

そのまま、うつ伏せにベッドに倒れ込んだ。眠るでもなく、茫然としていた。ロビンの落水が、本当に起きたこととは思えなかった。

一時間ほどして、ドアがノックされた。わたしは上半身を起こし、〈どうぞ〉と言った。ドアを開けて、ビルが入ってきた。

彼も、ひどく疲れた表情をしていた。それでも、〈スキッパーなんだから自分がしっかりしなくちゃ〉と努力しているのがわかった。

明日の朝になったら、海上保安庁の巡視船とヘリが出動して、捜索にあたる。ビルは、そう言った。わたしは、うなずいた。ビルも、微笑をつくって、うなずき返した。けれど、二人とも、わかっていた。ロビンの命が絶望的であることが……。この荒れている海。しかも、水温は、まだあまり高くない。ひと晩が過ぎたら、まず、生存率はゼロに近い。

明日、捜索をする。といっても、事実上、遺体を見つけるための捜索になるだろう。それは、わかっていた。

疲れているのに眠れない夜が明けた。あい変わらず、雨が降っていた。空は、暗かった。わたし達は、レイン・ウェアを身につけて、ハーバーにいった。そうしないと、気がすまなかった。ハーバーから見る海は、まだ荒れていた。空も海も、グレーだった。わたし達は、ただ無言。雨に煙っている沖を見つめていた。

三日間、捜索は続いた。けれど、ロビンは見つからなかった。〈行方不明〉ということで、捜索は打ち切られた。形としては〈行方不明〉でも、事実上は、死亡を意味する。

ヨットの仲間は、わたしをなぐさめてくれた。〈あれは、不運な事故だった〉と……。

確かに、不運な事故だったことは事実だ。でも、わたしが、あそこで落水しかけなければ……という思いは、わたしの心から消えようがなかった。わたしを助けようとしてロビンは落水したという事実も……。

ハワイから、ロビンの両親がやってきた。けれど、わたしは、顔を合わせる勇気がなかった。じっと、部屋に閉じ籠《こも》っていた。

ロビンの両親とヨットのチーム・メイトたちは、翌日、現場に行った。日本の協会が用意してくれたクルーザーで、ロビンが落水したあたりの海域にいった。もう、海は穏やかに凪《な》ぎ、晴れていた。

みんなは、そこで、海に花束を投げ、短い祈りを捧《ささ》げたと、ビルから聞いた。

チーム・メイト全員とロビンの両親は、二日後、ハワイに帰るという。けれど、わたしは、しばらく日本に残ることにした。

ロビンの死という事実は、もう動かしようがないだろう。

けれど、ロビンの魂がまだ漂っている、この相模湾の海から、いましばらくは、離れたくないと思った。ロビンが瞑《ねむ》っている、この海に、まだしばらくは、寄りそっていたいと思った。

わたしは、そのことを、ビルに伝えた。ビルは、うなずいた。わかった、と言ってくれた。みんながハワイへ発《た》つ日の朝、チーム・メイトが、一人一人、わたしの部屋にやってきた。

〈気を落とすな〉

〈あれは、ノブのせいじゃない〉

〈早く、少しでも元気をとり戻して、ハワイに帰ってこい〉

みんな、そう言って、なぐさめてくれた。わたしは、チーム・メイト一人一人と握手をした。彼らは、その夜、成田を発つ飛行機で帰っていった。

何日かは、ただ、ぼんやりとしていた。時どき、ハーバーや砂浜にいき、海を眺めた。あの沖にロビンが眠っているのだ……。そう思い、何時間も水平線を見つめていた。

そうして過ごしてるうちに、わたしは、泊まっているユース・ホステルに、居心地の悪さを感じはじめてきた。

宿のスタッフが悪いのではない。むしろ、その逆だ。彼らは、わたしに気を遣ってくれた。同情もしてくれているようだった。けれど、彼らが気遣ってくれるほど、わたしには、それが重荷になってきたのだ。

わたしは、ユース・ホステルを出ることにした。スタッフには、ハワイに戻ると、嘘をついた。ユース・ホステルを出る前日、ハワイの自宅に手紙を書いた。

日本で友人ができたので、しばらく、そこに世話になる。ロビンのことで、気持ちの整理がついたらハワイに帰る。心配しないで。そう書いてポストに入れた。

翌朝、ユース・ホステルを出発した。といっても、行き先は決めていない。そこそこのお金はある。まだしばらくは、日本にいられるだろう。相模湾の海が見えるこのあたりで、どこか、泊まれるところはあるだろうか。あるいは、借りられる部屋はあるだろうか……。

そんなことを考えてハンバーガーを食べている時、久実に、デイパックをかっぱらわれたのだ。


「まあ……そんなわけよ」

わたしは、久実に言った。そして、

「ロビンは、二一歳の若さで、突然、事故死してしまった……。これから人生がはじまろうって時に……。それを考えたら、一八歳で自殺するなんて、おかしいよ。甘ったれてるよ……」

と、つぶやいた。

久実は、何も言い返さない。言い返せないのだろう。その時、庭の方から、セキをする声が聞こえた。

そっちを見た。昭一郎が、姿を見せた。彼も、乾いた服に着替え、手にコンビニのビニール袋を下げている。

「朝飯も、昼飯も食ってないだろ？　パン買ってきた」

と言った。わたしは、うなずいた。

「ありがとう」

「……それとさ……」

と昭一郎。

「……聞くつもりはなかったんだけど、いまの話の、後ろの方を、聞いちゃったよ。庭に入ってきたら、話してるのが聞こえて、途中で割り込むのも悪いかなと思って、突っ立って待ってたんだ。……そしたら、自然に耳に入ってきちゃって……」

と言った。わたしは、微笑し、

「いいわよ。別に、隠していようと思ってたわけじゃないから」

と言った。


その五分後。わたし達は、縁側に腰かけ、パンを食べていた。よく考えれば、朝起きてから、何も食べていない。かなり空腹だった。

昭一郎が、ビニール袋からパンを出した。ツナや卵のサンドウィッチ。ハムサンド。カレーパンなどを取り出した。缶コーヒーも三缶。わたしは、昭一郎に、

「いただきます」

と言った。ハムサンドを手に取った。かじった。そして、

「ああ……パンだ……」

と、つぶやいた。

思い返せば、このところ、ご飯ばかり食べていた。久実の実家のコシヒカリばかり食べていた。もちろん、それは美味《お》《い》しかった。美味しかったけれど、ひさびさのパンを食べたわたしは、〈ああ……パンだ……〉と、つぶやいてしまった。

ごく普通のコンビニのサンドウィッチだった。けれど、久実も、なんか、しみじみとした表情でサンドウィッチを食べている。缶コーヒーをひとくち飲み、

「……たまには、パンも食べたいね……」

と言った。昭一郎が、苦笑いしながら、カレーパンをかじっている。わたしは、二個目のサンドウィッチを手にした。

「でも……わたしが漁を手伝えば、生活、なんとかなるんじゃないかな……」

と言った。一日三千円のバイトでも、三〇日やれば、九万円になる計算だ。そうなれば、

家賃を払っても、かなり残る……。

「けど……漁に出れるのは、そう……ひと月で一五日ぐらいだぜ」

カレーパンをかじりながら、昭一郎が言った。

「ひと月で、一五日？……半分？……」

と、わたし。彼は、うなずいた。

「おれの、あの釣り方だと、ちょっと海が荒れたら駄目。海底の砂が舞っちゃって、魚があのヒラヒラを見つけられなくなる。それと、曇りや雨の日も駄目。海の中が暗くなって、やはり、魚がヒラヒラを見つけられない。そうなると、漁になるのは、せいぜい、月で一五日ってところかな」

と言った。わたしは、

「……そうか……」

と、つぶやいた。

「しかも、これから、梅雨に入るだろう？　すると、雨の日が多くなるからなあ……。漁に出られる日は、かなり少なくなる」

昭一郎は言った。わたしは、うなずいた。ちょっと、ため息まじりに、

「そっか……」

と言った。一五日しか漁に出られないとすると、単純に計算して、バイト代は、ひと月四万五千円。この家の家賃は、四万四千円だと久実が言っていた。とすると、家賃を払うと、千円しか残らないことになる。わたしは、また、軽く、ため息。

「パン食も、電気のある生活も、まだ遠いわね……」

と、つぶやいた。

ふと、昭一郎がつぶやいた。

「……そうだ……」

と言って、わたしを見た。

「ノブ……店で唄《うた》う気はないか？」

と訊《き》いた。

「……店で？……」

「ああ……。この近くに、知り合いがやってるレストラン・バーがあってな……。以前は、週末ごとにバンドを入れてたんだ。バンドっていっても、ステージが小さいから、少人数のバンドだけどな」

「………」

「ところが、その店には、今、出るバンドがいなくて、週末のライヴは中止になったままだ。そのせいか、客の数も減っちゃってるんだ」

「……へえ……」

「ノブの歌なら、そこの店に合うと思う。ロックバンドなんかより、アコースティックな曲が似合う店だからな」

と昭一郎。わたしは、話を聞きながら、考えていた。自分にできるだろうか……。ハワイでも、仲間のパーティーなどで唄ったことはある。けれど、仲間のパーティーで唄うのと、店に出演するのでは、わけが違う。わたしは、そのことを昭一郎に言った。

「まず、問題ないと思うがな……。とりあえず、おれが、その店のオヤジに話してみる」

と彼は言った。パンをかじった。缶コーヒーを、ぐいと飲んだ。

翌日も、あまり天気は良くなかった。まだ、低気圧の影響が残っているのだろう。午前

中は、どんより曇っている。昭一郎の漁はなしだという。

わたしは、庭で久実の野菜づくりを手伝っていた。トマトとキュウリだ。両方とも、だいぶ育ってきていた。そろそろ、支柱が必要だった。

わたしと久実は、近所を歩き回った。いかにも鎌倉らしい古めかしい屋敷があった。その屛《へい》は、細い竹を組んでつくったものだった。わたし達は、その屛から、竹を二〇本ほど引き抜いた。知らん顔をして、家に持って帰った。それを、トマトとキュウリの支柱にした。そばで犬のヨシアキが見物している。

ちょうど作業が終わろうとする頃、昭一郎がやってきた。午後二時半頃だった。彼は、庭に入ってくる。

「これから、時間あるか？」

と、わたしに訊いた。わたしは、うなずいた。

「時間なら、馬に食べさせるほどあるわ」

と言った。昭一郎は微笑した。

「昨日言ってた例の店……。ライヴをやれる店……。そのオヤジに話したら、ノブの歌を聴いてみたいとさ」

と言った。

「……これから？……」

「ああ」

昭一郎は、うなずいた。わたしは、うなずくともなくうなずいた。もし、その店で唄って、少しでもお金が稼げるなら、やるべきだろう。

「ちょっと手を洗うから待ってて」

わたしは言った。台所にいく。手を洗った。ノドが乾いたなあ……。そう思って、つい、そばにある冷蔵庫を開けた。けど、冷蔵庫の中は、カラだった。電気が止められているから、当然なのだけれど……。

わたしは、冷蔵庫のドアを閉める。水道の水をコップに汲《く》んで飲んだ。そうだ。せめて、電気のある暮らし……。そのためにも、がんばらなくては。あらためて、そう思った。

「あんたも一緒にいこう」

と久実に声をかけた。

15　Without You《ウイズアウト・ユー》

店は、歩いて一〇分ほどのところにあった。国道１３４号が腰越の港を過ぎると、江ノ島東浜。その道路沿いにあった。

店の前は、駐車スペースになっている。七、八台分はあるだろう。その奥に店はあった。木で造られた平屋。サーフ・ショップのような感じだった。窓も、広めにとられている。

木の看板には、〈Seaside《シーサイド》 55〉と描かれていた。わたしは、昭一郎に訊いた。

「〈シーサイド〉はわかるけど、〈55〉は、なんの意味?」

「なんでも、客席が55人分あるってことらしい」

と昭一郎。わたしは、小さく笑った。わかりやすい。けれど、55人分の席があるってことは、それほど小ぢんまりした店でもない。

昭一郎が、ドアを押した。わたし達は、中に入った。確かに、そこそこの広さがある。

木の内装。フロアも板張り。テーブルやイスも木。ハワイやカリフォルニアを意識した若者向けの感じだ。奥はカウンター席。

一方の壁には、ウクレレとアコースティック・ギターがかけてある。もう片方の壁には、インスタント写真が貼ってある。たぶん、この店内で撮ったのだろう。カップル。グループ。そんな客達の写真が、何十枚も貼られている。それぞれのインスタント写真の余白には、サインペンで何か書かれている。

そして、店の隅に、低いステージがある。高さは三〇センチぐらいしかない。広さも、あまりない。

ステージの端に、PA装置がある。小型でごく簡単なPAだ。そして、マイクとスタンドが二セット。マーシャルのギター・アンプが一台。それらは、ひっそりと、ステージの隅に置かれていた。

午後の半端な時間なので、若い客の姿はない。

カウンターのところに、人がいた。

カウンター席に、一人。スーツ姿の男が座っている。グレーの地味なスーツ姿だ。わきに、黒いカバンを置いている。

カウンターの中に、中年男が一人いた。ウェーヴした髪は、やや長めに伸ばしている。

顎《あご》と口の周辺には、不精ヒゲのようなヒゲをはやしている。やや丸みのあるセル・フレームの眼鏡をかけている。鼻は丸っこく、顔全体も、ややぽちゃりとしている。黒いTシャツを着ている。一見、スタジオ・ミュージシャンという感じもするオジサンだった。

スーツの男と、不精ヒゲのオジサンは、何か話しているところだった。けれど、その話も、終わりかけらしい。不精ヒゲが、こっちを見て、

「昭ちゃん」

と声をかけた。スーツの男は、

「じゃ、私はこれで」

と言った。黒いカバンを持つ。カウンター席から、出入口に歩きはじめた。髪を七三にきっちり分け、メタル・フレームの眼鏡をかけている。見るからに堅い仕事の人に感じられた。彼は、わたし達のわきを通り過ぎる時、軽く会釈《えしやく》をした。そして、板張りの床にコツコツと皮靴の音を響かせ、店を出ていった。

その後ろ姿を見ていた昭一郎が、カウンターの中のオジサンに、

「銀行？」

と訊いた。不精ヒゲのオジサンは、無言でうなずいた。カウンターの上に出ていたグラスを片づけた。そして、わたし達を見た。昭一郎が、

「彼女が、さっき話したノブ」

と言った。わたしは微笑した。

「よろしく」


わたしは、デイパックからウクレレを出した。低いステージに上がる。弦のチューニングをはじめた。オジサンが、ステージにやってきた。ＰＡの電源を入れた。スタンドつきのマイクを、わたしの前に持ってきた。マイクの高さを、

「こんなものかな？」

と言って調節してくれた。そして、ＰＡのミキシング・マシンを調整しはじめた。

「マイクのテスト」

と、オジサンが言った。わたしはマイクに向かい、

「テスト、テスト、テスト……」

と声を出す。オジサンは、並んでいるつまみやフェーダーを操作して調整している。その右手の指先が、小刻みに震えているのに、わたしは気づいた。

やがて、PAの調整は終わったようだ。オジサンは、

「なんでも、得意なやつを一、二曲やってくれ」

と言った。

わたしは、何を唄《うた》おうか、考えた。その時だった。窓の外から薄陽が射してきた。柔らかい午後の陽が、テーブルの上にある塩とコショウの容器に反射している。容器は、よくハワイなどにもあるタイプ。ガラスで、細長く、上がステンレスのやつだ。

わたしは、ふいに、ハワイのことを思い出していた。そして、ロビンの瞳《ひとみ》を思い出していた。二度と見ることのできない、あの優しい微笑を、心に思い描いていた。

わたしは、もう、Fのコードを押さえていた。弦の上を、指が動く。

〈Without You《ウイズアウト・ユー》〉を唄いはじめていた。

No I Can't Forget This Evening

Or Your Face As You Were Leaving……

わたしは、できるだけ、感情を抑《おさ》えて唄う。あふれ出てしまいそうな想いを、なんとかこらえて、唄い続ける。ウクレレの弦を、そっと弾きながら……。F……A_{m7}……G_m……A_7

……。

曲が盛り上がっていくところも、できる限り、淡々と唄い続ける。

I Can't Live

（わたしは生きていけない）

If Living Is Without You

（もしあなたなしで生きるというのなら）

I Can't Live……

わたしは、目を閉じた。そして、唄い続けた。ロビンとの日々を胸に抱いて、唄い続けた。やがて、エンディング……。ふり返り、ふり返り、遠ざかっていくように、声量を絞っていく……。そして、バラードを唄い終わった。

唄い終わって、目を閉じたまま、ゆっくり大きく呼吸した。そっと、目を開けた。

静かな店内。ドアを開ける音がした。不精ヒゲのオジサンが、缶ビール片手に、店の裏口から出ていくのが見えた。ぶらりと、出ていってしまった。

わたしは、昭一郎を見た。昭一郎は、首をかしげた。裏口の方に歩いていく。

わたしは、ウクレレをデイパックにしまった。どうやら、オーディションには落ちたらしい。

遅い午後の海岸道路。わたしと久実は、ゆっくりと歩いていた。

「どうして、あのオジサン、ノブの歌を気に入らなかったんだろうね……」

久実が、つぶやいた。

「わたしなんか、ちょっと鳥肌立っちゃったのに……」

と言った。

「まあ……好みは、人それぞれだから」

と、わたし。

「でも……ひさしぶりに思いきり唄えて、気持ち良かった……」

と言った。

家へ戻って、約一時間。アルミ鍋《なべ》でご飯を炊きはじめたところへ、昭一郎がやってきた。片手にビニール袋を持っている。

「ごめん」

わたしは言った。そして、

「せっかくチャンスをもらったのに」

とつけ加えた。

「何が、ごめんだ」

「だって……あの店のオジサンに、NGくらっちゃったじゃない」

「NG?……」

と昭一郎。わたしは、うなずく。

「わたしが唄い終わると、プイッといなくなっちゃって……」

「ああ、あれか……。おれも変だなと思って、裏口から出てみたんだ。そしたらさ、オヤジさん、ゴミ出し用のポリバケツに腰かけて、涙ぐんでんのさ」

「……涙ぐんでた？……」

わたしは、思わず訊《き》き返していた。昭一郎は、うなずいた。

「オヤジさん、涙ぐんでるのを他人《ひと》に見られたくないんで、裏口から出ていっちゃったらしい」

「…………」

「なんでも、あの曲は、オヤジさんも学生時代にやってた曲なんだとさ」

と昭一郎。

「……学生時代に……。ってことは、バンドとかやってたのかしら……」

「ああ。そんな話は、聞いたことがある。昔、バンドをやってたってことは……。ま、あんな店をやるぐらいだから……」

と昭一郎。

「とにかく、いつからでも、あそこでライヴをやってくれとさ。できれば、週末の土日。ひと晩3《スリー》ステージ」

「3ステージも……」

「ああ。だから、レパートリーが揃い次第《しだい》でいいそうだ」

その五分後。わたし達は、乾杯していた。昭一郎が買ってきてくれた缶ビールで乾杯していた。やはり昭一郎が買ってきてくれた魚肉ソーセージをかじりながら、ビールを飲んでいた。飲みはじめて一〇分で、久実は顔を赤くしている。

「……そういえば……」

わたしは口を開いた。

「わたし達がお店に入っていった時、銀行の人みたいのがきてたでしょう……」

と言った。昭一郎は、うなずいた。

「あの店も、経営が苦しいらしくて、銀行だか信用金庫だかから融資をうけてるみたいだな」

「……経営か……。でも、あの店の雰囲気なら、出たいっていうミュージシャン、けっこういるんじゃない?」

わたしは訊いた。

「うーん……いることはいるんだけど、あのオヤジさんの選球眼が厳しくてさ……」

「選球眼？……」

「ああ……。自分がバンドをやってただけに、ミュージシャンを見る眼が厳しいみたいだ」

「……へえ……」

「あのオヤジさん……名前が山崎なんで、みんな〈山さん〉とか〈ヤッさん〉とか呼んでるんだけど、ビートルズやイーグルスで育った世代だから……。店に出すミュージシャンを選ぶのに、独特の癖《くせ》があるらしい」

と昭一郎。

「……癖があるっていうと？」

わたしは訊いた。

「うーん……いくら上手なミュージシャンやバンドでも、心がこもっていないやつは大嫌いらしい」

「……心がこもっていない、か……」

と、わたし。昭一郎は、うなずいた。

「たとえば、今、テレビでやってる音楽番組に出てる連中なんかは、山さんに言わせると、〈みんなクズ〉なんだとさ。いくら売れててもな」

「へえ……」

「おれの知り合いでも、セミプロで、地元でやってるミュージシャンもいるのさ。で、山さんのシーサイドにも出てたりしてたんだけど、だんだん、山さんのことを煙たがってきてな……」

「煙たがる？……」

「ああ。いくら、演奏のテクニックがすぐれてても、ハートのない演奏をすると、山さんに叱《しか》られるからさ」

「………」

「あれは、いつだったかな……。あの店に出てるバンドの演奏に、山さんが文句をつけたんだ。ところが、バンドの連中が、〈おれたち、レコード会社のオーディションにうかったんだぜ〉とか言ったのさ。そしたら、山さん、言ったやつに、水をぶっかけてさ、〈それなら、さっさと、そっちにいきやがれ！〉ってどなって追い出した」

「へえ……。で、そのバンドは？」

わたしは訊いた。昭一郎は、思い出すように、しばらく黙っていた。やがて、

「そいつらは、CDを一、二枚出したけど、結局、それで終わりだったな……」

と言った。わたしは、うなずいた。

「そうやってるうちに、だんだん、〈山さんは気難しい〉っていう評判がたちはじめて、地元でやってるミュージシャン達が、あの店を敬遠するようになったみたいだな」

「…………」

「で、店に出るミュージシャンが減っていって……今じゃ、あの店じゃ誰もライヴをやらなくなった……」

昭一郎は言った。わたしは、胸の中でうなずいた。さっき、唄《うた》った時に、気づいていた。ミキシング・マシンやギター・アンプの上に、うっすらとホコリが積もっているのに、気づいていた。そういう事情だったのか……。

「あの店からライヴをとっちゃうと、ただのレストラン・バーさ。近くに、安くて便利なファミレスがたくさんあるから、客はみんな、そっちに流れる」

と昭一郎。確かに、そうだ。あの店のすぐ近く。134号沿いには、ファミレスがずらりと並んでいる。

「そんなわけで、山さんのシーサイドは、いつもガラガラ。最近じゃ、金ぐりに困って、銀行だか信用金庫だかから金を借りてるらしい」

昭一郎は言った。

「……なるほどね……」

わたしは、つぶやいた。

魚肉ソーセージをかじった。ビールを、ひとくち飲んだ。

「ところで、ライヴをやる件なんだけど……」

と切り出した。

16　Aマイナーから、はじまった

「少し、時間をくれない？」

わたしは言った。昭一郎が、わたしを見た。

「あんまりたいした問題じゃないんだけど、3ステージやるとなると、それなりのレパートリーが必要だし」

わたしは言った。わたしは、これまで、好き勝手に、ウクレレを弾き、唄ってきた。歌詞がうろ覚えな曲も多い。イントロやエンディングも、適当にやっていた。

仲間を相手にやっていたいままでは、それでもよかった。けれど、店で、客に聞かせるとなると、そうもいかないだろう。そのための準備が必要だ。わたしは、そのことを昭一郎に言った。彼は、うなずいた。

「問題ないだろう。山さんは、いつからでもいいって言ってたしな。どっちみち、もう二、三年、あの店じゃライヴやってなかったんだから。いまさら、急ぐ必要もないだろう」

と言った。ビールを、ぐいと飲み干した。


その二日後。午後四時過ぎ。

わたしは、漁から戻ってきた。昭一郎の手伝いを一日やった。そこそこ、アジは釣れた。三千円のバイト代をもらった。昭一郎が、船の上で三枚におろしてくれたアジを持って、家に帰ってきた。わたしが家の門を入ると、久実は、庭にいた。庭で、トマトとキュウリの手入れをしていた。

久実はもう、サーフィンをやる気はないようだ。いままで玄関に置いてあったサーフボードは、部屋の隅に押し込んでしまった。

久実はいま、こっちに背中を向けていた。トマトとキュウリの枝を手入れしているように見えた。確かに、手に軍手をはめて、しゃがみ込んでいる。

けれど、よく見ると、手は動かしていない。トマトの前にしゃがみ込んで、何か、物想いにふけっているようだった。背中を少し丸めて、しゃがんでいる。クイック・シルバーのマークがプリントされた白いTシャツ。その背中に夕陽が当たって、コットンの白をレモン・イエローに染めていた。わたしは、その後ろ姿を、じっと見つめていた。普通なら、わたしの足音で、帰ってきたとすぐに気づくはずだ。けれど、久実は、じっと動かない。わたしの足音に気づかないほど、深く、物想いにふけっているようだった。何かを、考え込んでいるようだった……。

わたしは、そっと、いま入ってきた門の方に戻る。そこで、少し大きめの声を出した。

「ただいま!」

と言った。そして、庭に入っていった。久実はもう、こっちをふり向いていた。

「お帰り」

と言った。

その夜も、晩ご飯を食べてしまうと、やることがない。わたしは、ウクレレと唄の練習をすることにした。ランプを縁側に持っていく。

とりあえず、ビートルズの〈And I Love Her《アンド・アイ・ラヴ・ハー》〉をやる。

イントロ……D_m……A_m……そして、唄いはじめた。

ワン・コーラス唄う。ウクレレの2弦が、少しずれているのに気づいた。微妙に音が下がってしまっている。わたしは、それを、なおした。ウクレレのチューニングをしていると、隣りに久実がきた。晩ご飯の片づけを終えたらしく、タオルで手を拭《ふ》きながら、やってきた。わたしと並んで縁側に腰かけた。

ウクレレのチューニングができた。わたしは、また、唄いはじめた。D_m……A_m……。

I Give Him All My Love

That's All I Do……

唄いなれている曲なので、楽しみながら、口ずさんでいた。ワン・コーラスが終わる。

2コーラス目に……。

その時だった。隣りの久実も、かすかに歌を口ずさんでいるのに気づいた。小さな声で口ずさんでいる。しかも、コーラスをつけてくれているのだ……。

歌詞の〈Her〉と〈Him〉を間違えたりしている。けれど、きちんとハモっている。メインのメロディの裏を、きちんと唄っている……。わたしは唄い終わると、

「あんた、ハモれるんじゃない」

　と言った。久実は、かすかにうなずいた。

「……新潟の中学校に通ってた時、音楽の先生が、コーラス好きで、よく唄わされたんだ」

「……へえ……」

「その先生は、若い男の先生で、ちょっとかっこよかったんで、わたし達、けっこうまじになって、ハモってたわ」

「ふうん……」

「で……その先生が歌わせた曲が、ビートルズやカーペンターズで……。いまの曲も、唄ったことのある曲だった……」

　と久実。その頃を思い出すような表情……。その横顔が、ランプの明かりに、照らされている。


　その翌日。朝七時。港にいく。昭一郎の船の調子が良くないという。エンジンの具合が、いまいちらしい。漁には出ないで、エンジンの調整をするという。

わたしは、家に戻ってきた。早起きしたので、さすがに少し眠い。ひと眠りすることにした。フトンに横になる。Tシャツのまま、昼寝をする。

起きると、午前一〇時半だった。ぼんやりと、眼を開ける。起き上がる。すると、どこからか、ウクレレの音がした。ウクレレの弦を弾《ひ》いている小さな音がした。わたしは、そっと起き上がる。そっちの方にいく。

久実だった。畳の上に座って、わたしのウクレレを弾いている。といっても、ただ、開放弦を軽くつまびいているだけだ。でも、かなり真剣な表情で、弦を弾《はじ》いている。久実は、起きてきたわたしに気づいた。はっとした表情。

「あっ、ごめん」

と言った。ウクレレを、戻そうとする。わたしは微笑し、

「いいわよ、弾いたって」

と言った。

「あんた、ウクレレ、弾いてみない？　本気で」

わたしは言った。久実は、さすがに驚いた表情をしている。

「……だって……」

と久実。

「だっても何もないわよ。ウクレレって、すぐに弾けるようになるから」

わたしは言った。それは、嘘ではない。歌の伴奏をするコード、しかも、難しくないコードを弾くのなら、少し熱心に練習すればできる。しかも、久実の指先がかなり器用なことは、一緒に生活してわかっている。

「つべこべ言わずに、ほら」

わたしは言った。久実にウクレレを持たせる。持ち方や、かまえ方は、適当でいい。わたしは、そばにあったチラシの裏に、ボールペンで、コード進行を書いた。

〈And I Love Her《アンド・アイ・ラヴ・ハー》〉のコード進行だ。


D_m……A_m……D_m……A_m……D_m……A_m……F……G_7……C。

そう書いた。このうち、三本の指で弦を押さえるのは、D_mとG_7の二つだけ。

Fは、指二本。A_mとCは、指一本で、一本の弦を押さえるだけだ。

「じゃ、A_mからやってみようか」

わたしは言った。

一番手前の4弦。その2フレット目を、左手の中指で押さえるだけだ。

久実は、おそるおそる、中指で、弦を押さえる。初めてなので、すぐにうまくはいかない。指を立てて、真上から押さえるのに慣《な》れない。けれど、ちょっと教えると、すぐできるようになった。

「じゃ、弾いてみて」

わたしは言った。右手の親指で、軽く、ポロンと弾かせる。なんとか、コードが弾けた。

「これが、A_m」

と言うと、久実は、少し驚いた表情。

「これで、A_m？……」

わたしは、微笑し、うなずいた。

「そう、A_m。それで、もう、コードを一つ、弾けたことになるのよ」

と言った。久実は、まだ、不思議そうな表情をしている。右手の親指で、A_mをポロン、ポロンと弾いている。はじめてから、まだ、一〇分しかたっていない。

練習を続けた。

本当は、右手の人さし指や四本の指を使って弦を弾《はじ》く。けれど、いま、それは、置いておくことにした。久実を、ちょっとでも早く、ウクレレに慣れさせることが大切だ。ウクレレは簡単なんだと感じさせることが大事だ。

だから、右手の親指で弦をポロポロと弾かせる。初めてウクレレに触れる人が、一番やりやすい弾き方だと、わたしは思うからだ。

もう一つ、指一本で押さえられるコード、C。

これは、A_mより、かなり早く、久実は押さえられるようになった。A_mでの経験がいきている。

そして、二本の指で押さえるコード、F。これは、少し時間がかかった。けれど、一時間ほどで、なんとか押さえて、右手で弾けるようになった。

さらに、三本の指で押さえるコード、D_m、G_7。

これは、さらに、時間がかかった。三時間ほどかけて、押さえられるようになった。

この五つのコードの展開は、指の運び方も、楽だ。初心者の練習用には、実にぴったりだった。

「さて」

わたしは言った。この五つのコードで、いちおう、曲のワン・コーラスはできる。

「じゃ、続けてやってみよう」

わたしは、久実に言った。何回か、コードを順番に押さえさせてみる。D_m……A_m……のイントロ。

そして、ワン・コーラス目。

D_m……A_m……D_m……A_m……D_m……A_m……F……G_7……C……。それを、何回か、練習させる。

七、八回目の練習の時、わたしは、久実のウクレレに合わせて、歌詞を、口ずさんでみた。久実の指運びは、もちろん、まだ、たよりない。指が、ときどき、弦を押さえそこねる。それでもいい。手さぐりで歩くように遅いウクレレのコード。それに合わせて、歌詞を口ずさむ。

I Give Him All My Love
That's All I Do
And If You Saw My Love
You'd Love Him Too
I Love Him……

ワン・コーラスが終わった。久実が、ウクレレから顔を上げた。いままでは、必死で、ウクレレのフレットを見ていたのだ。半ば茫然《ぼうぜん》とした表情の久実。
「……できた……」
と、つぶやいた。わたしは、うなずいた。何回も、うなずいた。ふと気づけば、夕方の五時近かった。昼ご飯を食べるのも忘れて、わたし達は、練習をしていたのだ。

「久実と一緒にやる？……」

昭一郎が、思わず訊《き》き返した。

午前一一時過ぎ。わたし達は、海の上にいた。船べりから仕掛けをおろし、アジの群れを待っていた。太陽は、もう高く昇っている。海の中まで、射し込んでいる。水面のすぐ下を、小魚の群れが泳いでいくのが見える。

「久実とやるっていうことは？……」

「デュオ。ウクレレを弾きながら唄うデュオ」

わたしは言った。久実が、ハモれること。まずまずの声をしていること。そんな話をした。聞き終わった昭一郎は、

「……しかし、なぜ……」

と、つぶやいた。

17　めざせ、電気生活！

わたしは、しばらく黙って海面を見つめていた。そして、口を開いた。

「……サーフィンができなくなった久実は、いま、生きていく理由や生きる気力を見失なってしまっているわ。……だから、あんな無茶なことをやったわけで」

「…………」

「いまの久実は、たとえれば、あれみたいなものよ」

わたしは、海面を指さしながら言った。海面には、流れ藻《も》が漂っていた。ちぎれて海底を離れた藻がひとつかみ、海面を漂っていた。わたしは、その流れ藻を見つめ、

「放っておいたら、どこへいっちゃうかわからないし、いずれは沈んでしまう……。久実は、ああいう状態だと思う。そして……」

わたしは、言葉を切った。昭一郎が、わたしの横顔を見た。じっと、横顔を見つめてい

るのを感じた。

「……わたしも、たとえれば、帆《セイル》を失《な》くしたヨットみたいなものかな……。落水事故の話を知ってるなら、わかってくれるかもしれないけど……。いまの気持ちを言えば、帆《セイル》を失《な》くして漂っているヨットみたいなものだと思う」

「………」

「これから先、自分がどこへいくのかもわからずにいるわ……。ただひとつ、死んでしまった彼がプレゼントをしてくれたウクレレを弾くこと、そして唄《うた》うことぐらいしか、心の支《ささ》えがない状態よ。……わたしも、漂流して、さまよっているのね、たぶん……。心が救われるのは、ウクレレを弾いて、唄っている時だけのように感じるわ……」

わたしは、つぶやくように言った。昭一郎は、かすかに、うなずいた。しばらく、釣り竿《ざお》の先を見ていた。そして、

「海面に漂っていたヨットに、流れ藻が引っかかったってわけか……」

と言った。わたしは、かすかに、苦笑いした。

確かに、うまいたとえかもしれない。漂っているボロボロのヨット、つまりわたしに、久実という流れ藻が引っかかった……。そして、いまは、とりあえず一緒に漂っている。

「そうね……。おかしな出会いだけど、いまは、とりあえず一緒に暮らしているんだから、

そんなことなのかもしれない……」

わたしは言った。しばらく、釣り竿を眺めていた昭一郎が、口を開いた。

「ノブ……お前さんにとって、久実が、お荷物になるってことは、考えてないのか？」

と言った。


「……お荷物になる？」

わたしは、訊き返した。

「ああ……。つまり、こういうことさ。お前さんのミュージシャンとしての実力があれば、地元では、評判になるだろう……。なんてったって、あの山さんを涙ぐませたんだからな」

「…………」

「だから、地元では人気が出るだろうし、もっと、メジャーな世界から声がかかってくるかもしれない。そういうことを考えると、久実と一緒じゃない方がいいとは思わないのか？　久実は、いまのところ、しょせんアマチュアだ。ノブにとって、久実とデュオを組むことがマイナスになると考えたことはないか？」

と昭一郎。わたしは、首を横に振った。

「そう思ったことは、ないわ。考えた末に久実と一緒にやると決めたんだから……」

と言った。

「……そいつは、友情か？……」

昭一郎が訊いた。わたしは、微苦笑したまま、しばらく考えていた。やがて、口を開いた。

「友情って言葉は、ちょっと照れくさいし……そこまでの関係じゃないって気もするけど……。なんて言ったらいいんだろう……。漂ってるボロ・ヨットと流れ藻の、仲間意識ってぐらいかな……」

と言った。昭一郎は、

「……仲間意識か……。でも、お前さんには、久実を放り出す気はない……」

「ないわ」

「……これから先も？」

「ずっと先のことは、わからないけど、いま、放り出す気はないわ」

「絶対に？」

「……そう。絶対に」

わたしは答えた。しばらく黙っていた昭一郎が、

「……しかし、なぜ、そこまで、仲間にこだわる……」

と訊いた。わたしは、少し考える。

「……もし、わたしが、平気で仲間を放り出すような娘《こ》だったら……たぶん、わたしの歌は、駄目だと思う」

と言った。

「ハワイの有名なミュージシャンが言ったことを、よく覚えてるわ……。それは、こういうことなんだけど……。心の温かい人は、温かい歌を唄う。心の冷たい人は、冷たい歌を唄う。心が狭い人は、そういう歌を唄う。おおらかな人は、おおらかな歌を唄う。その人の性格が顔に出てしまうように、その人の性格は、その人のやる音楽に出てしまう。それは、どんなテクニックでも、ごまかすことができない……。まあ、そういうことなんだけど……」

わたしは言った。

「つまり……その人間のやる音楽は、その人間そのものだと?……」

と昭一郎。わたしは、うなずいた。

「日本じゃよくわからないけど、少なくともハワイじゃ、よくそう言われているわ。わたしも、そう思う……」

と言った。

「…………」

昭一郎は、無言。かすかに、うなずいた。それから後は、黙り込んでしまった。無言で、釣り竿の先端を見つめている。ゆっくりと上下している釣り竿の先を、見つめている。何か、考えごとをしているようだった。わたしは、そんな昭一郎の横顔を見つめていた。どこかで、カモメの鳴き声がしていた。

わたしと久実の特訓がはじまった。

わたしは、壁に貼り紙をした。チラシの裏面。大きな文字で、

〈めざせ、電気生活!〉

と書いた。普通なら、〈電化生活〉なんだろう。けれど、この家には、まず、電気が来ていないのだ。いくら電化製品があっても、意味がない。

とにかく、たまっている借金を払って、〈電気のある生活〉を実現しなければならない。

それが、とりあえずの目標だ。

久実とデュオを組んで〈シーサイド55〉でライヴをやる。それがうまくいけば、ギャラが入るだろう。そして、この家にも、また、電気が通じる。そのためのキャッチ・フレーズとして、〈めざせ、電気生活！〉と書いたのだ。

わたしが、昭一郎の船に乗らない日は、一日中、練習をした。まず、久実にウクレレを教える。

そして、歌の練習。

わたしは、ノートを一冊買ってきた。藤沢まで自転車でいき、百円ショップで、ノートを買ってきた。それを、ソング・ブックにした。

ノートに曲を並べていく。歌詞とコードだ。

アメリカのスタンダード・ナンバー。ビートルズ・ソング。そして、ハワイの曲。それらのレパートリーを並べると、約五〇曲あった。まずまずだろう。

その中から、ウクレレのコードが簡単な順に練習をはじめた。久実と二人、朝から晩まで、練習をした。

幸いなことに、わたし達には、時間がいくらでもあった。アルミ鍋《なべ》でご飯を炊いて食べる以外、すべての時間を、練習に使えた。

午前中……。朝ご飯を片づけた後の卓袱台《ちゃぶだい》にソング・ブックを広げて、練習をする。久実に、ウクレレのコードを覚えこませる。

午後……。海岸で練習をした。わたしがウクレレでコードを弾き、二人でハモる練習をする。わたしと久実の歌声が、砂浜を渡る風に運ばれていく。

水平線の彼方《かなた》に、いつも、ロビンを感じていた……。

そして、夜……。晩ご飯が終わると、何もやることがない。電気がないから、もしテレビがあっても、つかないのだから。

わたし達は、縁側で、練習をした。ランプの明かりでソング・ブックを見ながら、デュオの練習をしていた。犬のヨシアキが、気持ちよさそうに、それを聴いている。

久実の上達は、思っていたより早かった。本人の音感やリズム感がいい。よく声が伸びる。

そして、何より、練習熱心だった。わたしが昭一郎の船で漁に出る時は、久実に課題を置いておく。たとえば、この曲のコード展開を練習しておいて、と……。わたしが夕方に帰ってくると、久実は、それを、ほぼ確実にマスターしていた。

サーフィンに挫折《ざせつ》した久実にとって、いま、生きている手ごたえを感じられるのは、歌っている時……。そういうことなのかもしれない。

歌うことで、傷ついた心が癒《いや》され、救われるような気持ちになっているようだった。それはわたしと同じだった。

海面に浮かんでいたボロのヨットと、それに引っかかった流れ藻は、少しずつだけれど、一緒に動きはじめたようだった。

わたしと久実は、また再び、夢を追いはじめているのだろうか……。

六月に入った。小雨の降る日が、多くなった。これが、どうやら、日本の梅雨というものらしい。シトシトとした雨が、いつまでも降り続いた。そうなると、昭一郎の船は出漁しない。わたしは、一日中、デュオの練習ができる。庭に咲いている青紫色の紫陽花《あじさい》。雨に濡《ぬ》れているその花を眺めながら、ウクレレと歌の練習を続けていた。

しばらくすると、ウクレレがもう一台必要になってきた。わたしは、〈シーサイド55〉の壁に、ウクレレがかけてあったのを覚えていた。漁に出ない日の午後、店にいってみた。

午後三時半頃、店のドアを押した。半端な時間なので、今日も客はいない。そのかわり、この前も見たスーツ姿の男が、カウンター席にいた。カウンターの中の山さんと、何か話している。かなりシリアスな雰囲気で、話し合っている。

「私としても、かなり無理してきてるんですから……」

とスーツの男の声。その時、山さんが、わたしに気づいた。片手を上げた。スーツの男は、ふり向く。また、黒いカバンを手に持った。

「じゃ、そこのところ、よろしく」

と山さんに言った。わたしに軽く会釈する。店を出ていった。山さんは、わたしに微笑した。

「どう。練習は、うまくいってる？」

わたしも微笑し、うなずく。

「けっこう、うまくいってるわ。で……ちょっとお願いがあるんだけど……」

と言った。壁にかけてあるウクレレを貸してくれないか、と山さんに言った。山さんは、うなずき、

「ああ、もちろんいいよ。たいしたウクレレじゃないが」

と言った。わたしは、壁にいき、ウクレレを手にとった。それを持って、カウンターに歩いていった。山さんと向かい合って、カウンターのスツールに腰かけた。

ウクレレは、確かに、有名メーカー品ではない。けれど、オモチャのようなものではない。久実が弾くのに、問題はないだろう。

わたしは、弦を弾いてみた。ずっと壁にかけっぱなしになってたので、当然、弦のチューニングは、ずれている。わたしは、チューニングしはじめた。

ところが、3弦のペグ、つまり弦を巻き込んでいくネジ部分が、不調だ。弦を巻き込んで、テンションをかけようとしても、すぐに戻ってしまう。どうやら、ネジがバカになっているらしい。

わたしは、山さんに訊いた。

「どこか、修理してくれるところ、あるかしら」

わたしに缶ビールを出してくれながら、山さんは、うなずいた。

「鎌倉にゃ、村田さんていうウクレレの達人がいるよ。その人のところに持っていけば、修理してくれる」

「ウクレレの達人？」

「ああ。ウクレレのプレーヤーとしても一流だし、ウクレレづくりのアーティストとしても一流だ」

と山さん。「マハロ」という店の名前と場所を教えてくれた。

翌日。わたしは、自転車でその店にいった。腰越からだと、かなりある。約一時間がかりで、その店に着いた。

店に入ったとたん、懐《なつか》しさが、わたしを包んだ。店内には、ハワイの小物類が並べられ、壁には、何台ものウクレレがかけられていた。いろいろなメーカーのいろいろなウクレレ。スタンダード・タイプも、パイナップル型もある。日本では、いま、ウクレレが人気だとは聞いていた。けれど、ここまで本格的な店があるとは思っていなかった。しかも鎌倉のような古い街に……。

「あの……村田さんは……」

わたしは、店の女性に言った。彼女は、

「あ、先生ですね」

と言った。すぐに、丸顔のおじさんが出てきた。白髪まじりで、口には細巻きのシガーをくわえている。わたしは、デイパックからウクレレを出した。バカになっているペグの説明をした。村田さんというおじさんは、すぐにうなずき、

「ペグを替えれば大丈夫。一日でやっといてあげるよ」

と、あっさりと言った。

翌日。午後。「マハロ」にいく。村田さんは、

「はい、お待ちどう」

と言って、ウクレレを渡してくれた。ペグは新しいものと替えてあり、きちんとチューニングもされていた。なんと、弦まで新しいものに替えてある。わたしが、おそるおそる、

「あの……代金は……」

と訊《き》くと、村田さんはニコニコしたまま、

「いいよ。山ちゃんからもらってあるから」

と言った。そして、

「そんなことより、ウクレレを可愛がってあげなさい」

と言った。その眼と言葉には、優しさと厳しさが同居していた。その眼を見た時、山さんが言った〈達人〉という言葉が、実感としてせまってきた。こういう人が同じ鎌倉にいることが、頼もしく感じられた。わたしは、修理のお礼を言い、店を出た。


それが起きたのは、六月の後半だった。曇った日の午後だった。わたしと久実は、縁側で練習をしていた。そこへ、昭一郎がやってきた。何か、浮かない表情をしている。

「……何かあったの？」

わたしは訊いた。昭一郎が、言った。

「山さんの店、危いらしいんだ。今月いっぱいで閉めることになるかもしれないって」

18
担保《たんぽ》は、わたし

「今月いっぱいで閉める!?……」

わたしは、思わず訊き返していた。昭一郎は、うなずいた。

「そういうことになるかもしれないって、山さんが言うんだ」

「……原因は、やっぱり、お金のやりくり？」

「……ああ……。山さん、あの店や土地を担保《たんぽ》にして、銀行から金を借りてたようだけど、借りてた回転資金も、どうやら底をついたらしい」

「…………」

「もう、担保にするものがなくなっちまって、来月の運転資金も、もう借りられなくなったみたいだ。山さんから、やっときき出した話だけど」

と昭一郎。腕時計を見た。

「あと一時間ぐらいすると、銀行のやつがくるらしい。それで、最終的な話をするみたいだけど、話のなりゆきによっちゃ、今月いっぱいで店を閉めるってことになるかもしれないっていうんだ」

と言った。

その一時間後。わたし達は、山さんの〈シーサイド55〉にいった。店の前に、自転車が駐《と》めてある。それは、あの銀行の男のものだろう。店のドアに、午後の陽が射している。

そっと、ドアを押した。やはり、銀行の男がきていた。こっちに背を向けて、カウンター席にいる。カウンターの中の山さんと、話をしている。

「そこのところは、なんとかならないのかなあ……」

と山さんの声。

「まあ、私としても、このお店を潰《つぶ》したくはないんです。店が潰れたら、お金の返済はしていただけないことになる。つまり、貸し倒れということで、これまで融資してきた私の責任になってしまう……。そういう事態は、できる限り避《さ》けたいんです。しかし、担保もなしに、これ以上の融資をするというのは、どう考えても不可能で……」

と銀行が言った。その時だった。

「担保なら、あるわ」

わたしが言った。


山さんや銀行は、あっけにとられている。

けど、そんなことにはおかまいなし。わたしは、ウクレレを持って、店のステージに上がった。久実に、眼で、〈あんたも〉と言った。久実も、ウクレレを持って、ステージに上がってきた。

わたしは、PAのスイッチを入れた。この前、山さんがやるのを、よく見ていたので、その通りやる。スタンド付きのマイクを二本、ステージの上に並べた。

久実の耳もとで、曲名を言った。いまのところ、一番うまく仕上がっている曲、〈To《トゥ・》 Know《ノウ・》 Him《ヒム・》 Is《イズ・》 To《トゥ・》 Love《ラヴ・》 Him《ヒム》〉だ。わたしは、久実に、〈いくわよ〉と合図した。

イントロ。G……E_m……C……D_7……。ゆるやかなストローク。右の人さし指で、ウクレレの弦を、上から下に、下から上に、さらりと撫《な》でる。そして、わたしと久実は、唄《うた》いはじめた。

To Know Know Know Him
Is To Love Love Love Him……

うまくハモっている。それは、わかった。山さんも、銀行も、そして昭一郎も、じっと聴いている。わたしと久実は、2《ツー》コーラス、唄い終わる。そして、サビの部分。ここは、わたしが一人で唄う。

Why Can't He See Me
How Blind Can He Be
Someday He'll See
That He Was Meant For Me……

わたしは、胸いっぱいの思いを込めて唄う。よく声が出ているのがわかる……。やがて、サビが終わる。また、元のメロディに戻る。

To Know Know Know Him

Is To Love Love Love Him……

やがて、エンディング……。

And I Do……And I Do……

そのフレーズを、二回リフレインして、静かに曲は終わった。わたしは、最後に、Gのコードを、そっと弾いた。

静寂……三秒……四秒……五秒……。そして、わたしは言った。

「一ヵ月後に、この店でライヴをやるわ。それを担保にしてくれない？」

と、銀行に言った。

どのぐらい時間がたったんだろう。じっとカウンターの上を見つめていた銀行が、顔を上げた。ちょっとずり下がってたメタル・フレームの眼鏡を、右手でずり上げる。そして、うなずいた。ゆっくりと、うなずいた。

「わかりました。その担保をうけましょう。あと二ヵ月分の運転資金を、融資します」

と言った。それまでかたまっていた全員が、いっせいに動き出した。わたしは、ステージをおりる。銀行の方へ歩いていった。初めて彼の顔をちゃんと見た。きっちりと七三に分けた髪。年齢《とし》は、三十代の半ばというところだろう。ひたすら真面目《まじめ》そうな顔をしている。わたしは彼の肩を叩《たた》いて、

「話わかるじゃない、銀行さん」

と言った。彼は苦笑い。

「あの……私は、銀行って名前じゃないんですけど」

と言った。スーツの胸ポケットから、名刺を二枚出した。わたしと久実に渡した。わたしは、それを見た。〈M銀行、鎌倉支店〉とあり〈深山良夫〉と名前が印刷されていた。

「フカヤマさん……」

わたしがつぶやくと、

「あの、それは、ミヤマと読みます」

と彼が言った。

「あ、そう。日本語は難かしいわね」

わたしは、笑いながら言った。深山は、笑わない。わたしを、ま正面から見た。

「いいですか。あなた達のライヴが担保、ということは、あなた達そのものが担保だということです。だから、体調には十二分に気をつけてください」

と言った。カウンターの中の山さんが、缶ビールを開ける。わたし達の前に置いた。わたしがそれを取ろうとすると、深山が、缶ビールをすっと、わきにどけた。

「あなたは未成年でしょう。お酒は駄目です。警察につかまったりしたらどうするんですか。大切な担保が補導されたりしたら、すべてパーになっちゃいますよ」

深山は言った。わたしは、一瞬、ムッとした。けれど、この担保の話を切り出したのはこっちなのだ。ムッとしながらも、ちょっと相手をからかってやる。

「お酒が駄目なら煙草は？」

「もちろん駄目です」

「男は？」

「それは、相手しだいですね」

と深山。どこまでも、クソまじめに答える。メタル・フレームの奥の眼は、まったく笑わない。

「お、担保がきたか」

と昭一郎。船の上で言った。翌日。朝七時。腰越の港だ。

「まあ、なんとでも言って」

わたしは言い捨てた。おにぎりの入っているデイパックを肩に、船に乗り込んだ。昭一郎が、船のエンジンをかけた。

空には、パラフィンのような薄い雲がかかっている。梅雨の合間の晴天なのだろう。いわゆるピーカンではない。そのせいか、アジの喰《く》いは、いまひとつ良くなかった。それでも、午前中で三〇匹以上は釣っただろう。

　午後になり、ポイントをかなり移動した。錨《アンカー》を打ち、仕掛けを入れた。アジの群れが回ってくるのを待つ。

　わたしは、ウクレレを取り出した。ハワイの人気シンガー、T《テレサ》・ブライトの〈On A《オン・ナ・》 Coconuts Island《ココナッツ・アイランド》〉を唄いはじめた。ゆったりとしたリズムで、ウクレレを弾きながら、のんびりと唄う……。

　その曲を唄い終わったけれど、まだ、アジは回ってこない。釣り竿の先を見ていた昭一郎が、わたしの方を向いた。

「ウクレレのチューニング、ちょっとずれてないか？」

と言った。わたしは、あらためて、ウクレレを弾いてみた。弦を左手の指で押さえず、開放弦で、弾《はじ》いてみる。

G……C……E……A……。一番高い1弦、Aの弦が、ほんの少しずれている。かすかに低い。持ち歩いているうちに、何かがウクレレのペグに触れてしまったのだろう。それで、弦のチューニングがずれたらしい。わたしは、1弦のチューニングをなおす。微妙な調整をしながら、

「……やっぱり……」

と、つぶやいた。昭一郎が、

「何が、やっぱりだ……」

と訊《き》いた。わたしは、ウクレレの1弦を弾いてみながら、

「……昭ちゃん、楽器やってたことあるでしょう。それも、ギターかウクレレ。たぶん、ギター」

と言った。わたしは、ウクレレを見たまま言った。昭一郎の表情は、わからない。しばらく黙っていた。そして、

「……なんで、そんなことを思うんだ」

と言った。

「……前から感じてたんだ……。漁師さんにしては、音楽のことにかなり詳《くわ》しいように思えたわ……。あの山さんとも、親しいみたいだし」

「…………」

「そう感じてたんだけど、いまのことで、はっきりとわかった」

「……いまのこと？」

と昭一郎。わたしは、うなずいた。ウクレレの弦を、ポロンと弾いた。

「この1弦のチューニングは、確かにずれてた。けど、ほんの微妙にずれてただけよ。半音のさらに半分か、それ以下……。そんな音のずれに、普通じゃ気づかない。楽器をやってた人じゃない限り、気づかないわ」

わたしは言った。昭一郎は、黙っている。無言で、海を見つめている。ということは、否定していない。わたしも、しばらく、目の前の海を眺めていた。クラゲが一匹、海面のすぐ下を、ゆっくりと漂っていった。

「……あの山さんの〈シーサイド55〉で、演奏してたのね……」

わたしは言った。海を見つめていた昭一郎が、少し驚いた表情でわたしを見た。なぜ、それを……と眼で訊いている。

「あの店の壁に、写真が貼ってあったわ」

わたしは言った。店の壁には、インスタント写真が、何十枚も貼られている。ある日、それを、なにげなく眺めていたわたしは、一枚の写真に思わず目を止めた。

そこには、二人の若い男が写っていた。その二人は、ギターを持っている。アコースティック・ギターと、セミ・アコースティックだ。どうやら、店でライヴをやっている休憩時間のスナップらしかった。

右側。アコースティック・ギターを持っている男に、わたしは目を止めた。それは、昭一郎によく似ていた。いまより、若い。二〇歳前後《はたち》というところだろう。髪も、いまよりは長めだ。けれど、よく似ていた。もう一人も、年齢は同じぐらいだろう。

インスタント写真の余白に、日付けが書き込まれていた。いまから五年ぐらい前の九月だった。

そして、日付けの下。〈Osamu & Show〉《オサム・アンド・ショウ》と書かれていた。〈ショウ〉……。それは、昭一郎のショウかもしれない。わたしは、そう思った。ただ、その時は、確信が持てなかった。けれど、いまのやりとりで、はっきりした。

「あれは、あなただったのね……」

わたしは言った。昭一郎は、無言。じっと前の海面を見つめている。何分そうしていただろう。やがて、かすかに苦笑い。

「そんなこともあったな……」

と、つぶやいた。

19　彼の視線が痛かった

「やっぱり、あの店に出てたのね……」

「……ああ……ずっと昔……」

と昭一郎。たかが五年なのに、彼にとっては〈ずっと昔〉に感じられるということなのか……。

「ギター二本？」

「……いや、ベースもいたし、時どきは、ドラムスも入った。あの店に出る時は、二人のことが多かったけど、基本的には、四人のバンドだった……」

「そのバンドで、合宿もしたのね？」

わたしは訊いた。昭一郎は、小さくうなずいた。

「時どきな……」

と言った。やっぱり。わたしは、胸の中でつぶやいた。いつか、昭一郎がわたしと久実の家にきて、一緒に晩ご飯を食べた時だ。昭一郎は、〈なんか……合宿してた頃を思い出すな〉と言った。わたしが、〈合宿？　なんのスポーツやってたの？〉と訊くと、彼は、〈まあ、ちょっと……〉と、そっけなく答えた。その表情が、あきらかに曇っていた。あの時の〈合宿〉とは、スポーツではなく、バンドの合宿だったらしい。


「話したくなかったら、それでいいんだけど、そのバンド、どうしてやめちゃったの？」

わたしは訊いた。昭一郎は、答えない。キャビンに入る。クーラー・ボックスから、缶ビールを一缶持ってきた。プルトップを開ける。ぐいと飲んだ。彼が、漁の最中にビールを飲むのを、初めて見た。

ビールをふたくちほど飲んだところで、昭一郎は、口を開いた。

「話すほどのことでもない……。単なる仲間割れさ」

「……仲間割れ？……」

「……ああ……。バンドにゃつきもののやつさ。最後には、〈お前の顔なんか見たくもねえよ〉と言って、終わり。よくあることさ」

昭一郎は言い捨てた。けれど、あまりにぶっきらぼうなその言葉は、すべてを語っていないように思えた。口にしたくない事情があるように感じられた。彼はまた、缶ビールをぐいと飲んだ。そして、しばらく水平線を見つめていた。空にかかっていた雲が切れていた。明るい陽射しが、海面に反射していた。昭一郎が、眼を細める。ぽつりと言った。

「……だから、この前は、ショックだったんだ……」

「……この前って？……」

「この船の上で、久実のことを話しただろう。久実とデュオを組んでやるって聞いて、おれは言ったじゃないか。ノブにとって、アマチュアの久実と組むのは、マイナスじゃないのかって」

「うん……覚えてる」

「で、その時、お前さん、言ったよな。久実と一緒にやると決めたから、絶対にあいつを放り出す気はないって」

「うん」

わたしは、うなずいた。

「……それを聞いた時、おれは、正直、頭をぶん殴られたような気がしたんだ」

「…………」

「もし、おれがバンドをやってた頃……おれやバンド仲間のオサムが、ノブみたいな気持ちでいたら……つまり仲間を絶対に見放さないって気持ちでいたら……おれたちのバンドも、ぶっ壊《こわ》れることはなかったかもしれない……。そう思うと、ショックだったよ、ノブの言葉が」

「…………」

「ショックだったし……ノブが眩《まぶ》しかった……」

ぼそりと、昭一郎は言った。そして、わたしを見た。言葉通り、眩しそうに眼を細めて、わたしを見た。本当は、海面の照り返しが眩しかったのかもしれない。けれど、わたしはドキリとした。昭一郎の言葉が胸に刺さった。まっすぐに見つめる視線が痛かった。

わたしは、彼から目をそらせた。なんと答えていいか、わからなかった。言葉を見失なった。はるか彼方《かなた》、伊豆半島の方を、眺めていた。

七月最後の土曜日。それが、わたし達のライヴ初日と決まった。ちょうど梅雨があけた最初の週末ということになりそうだった。

わたし達の特訓は続いた。六月末から七月へ。ちょうど、梅雨時だ。漁に出られない小雨もようの日が続いた。わたしと久実は、一日中、縁側で練習をした。ブルーがかっていた紫陽花の色が、紫色や紅色に変わっていき、やがて、花はしぼんだ。そのかわり、わたし達のデュオは、さまになってきていた。久実は、ウクレレを弾き唄《うた》うことが楽しくなってきている。それが、よくわかった。声も、よく出るようになっていた。ウクレレのミスも、少なくなっていた。

七月中旬。ライヴまであと二週間という時だ。わたしは、簡単な打合せに、山さんの店にいった。今日、銀行の深山はきていない。山さんは、わたしに缶ビールを出してくれた。そして、

「グループ名を決めてくれないか」

と言った。なんでも、チラシをつくるという。

「チラシっていっても、手描きのものをコピーしただけさ。そいつを、あちこちに貼るん

だ。少しは、PRになるだろう」

と山さん。そのチラシに、ライヴに出演するグループの名前が欲しいという。それは、そうだ。わたしは、帰って久実と相談すると言った。

自転車で家に帰った。久実は、縁側でウクレレの練習をしていた。

わたし達は、グループ名を考えはじめた。でも、なかなか決まらない。いろいろ出してみたものの、結局、これというアイデアが出ない。やがて、夕方になってしまった。

「あ、お米とがなくちゃ」

と久実が言った。立ち上がりかけた。その時だった。

「それよ！」

わたしは言った。久実が、驚いて、わたしを見た。

「グループ名、〈The《ザ》 Rice《ライス》〉」

わたしは言った。久実は、一瞬、ぽかんとしている。そして、

「ライス……ご飯……」

と、つぶやいた。わたしは、首をタテに振った。思い返せば、わたしと久実は、ご飯で生きのびてきたと言えるだろう。久実のお母さんが送ってきてくれるコシヒカリを食べて生きてきた。コシヒカリのおかげで、昭一郎とも仲間になれた。美味《おい》しいアジも、バイト

料も、すべて、コシヒカリのおかげなのだ。

「決まり、ザ・ライス！」

と、わたし。久実も、大きくうなずいた。


チラシが、できた。山さんのぶっとい文字の手描き。

〈シーサイド55、3年ぶりのライヴ！〉〈ハワイからやってきた女性デュオ、THE《ザ》RICE《ライス》〉と書かれている。〈土曜日。午後7時から！〉の文字が叩《たた》きつけるように書かれている。


チラシができた二日後だった。梅雨も、そろそろパワー・ダウンしたのか、この二、三日、薄曇りの日が続いていた。わたしと久実は、練習の合間、チラシ貼りに出かけた。

道路にある掲示板はもちろん。電柱にも、幅広のセロテープで貼っていく。コーヒー・

ショップなどがあると、店に入る。〈よかったら、置いといてくれませんか？〉と言って、チラシを一〇枚ほど渡す。銀行のATMにも、べたべたと貼る。はがされてもかまうものか。

海岸沿いにある一軒のサーフ・ショップに入った時のことだ。わたし達は、チラシを持って、店のオーナーらしいおじさんに頼んだ。このチラシを置いてくれと。するとおじさんは、

「もう貼ってあるよ」

と言って、壁を指さした。見れば、店の壁に、チラシが貼ってある。

「山ちゃんとは昔なじみなんでね」

と、ショップのおじさん。

「この、ザ・ライスっていうグループは、ハワイのグループなのかい？　いままで聞いたことないけど」

と言った。店内には、サーフ・ショップらしく、ハワイの人気グループ、ナ・レオの曲などがかかっている。

「そう。ハワイで最近できたグループらしいわ」

と、わたし。となりで久実が、思わずむせている。わたしは、その久実の背中を押す。

「すごくいいライヴらしいから、PR、よろしくね！」

と、おじさんに言う。むせている久実の背中を押しながら店を出た。


そうしてチラシ貼りをしている最中だった。江ノ電、腰越駅に近い歩道。掲示板にチラシを貼っている男の姿……。そばには、自転車が駐《と》めてある。それは、M銀行の深山だった。

「あ……」

わたしは、声をかける。深山は、ふり向く。少し、うろたえた表情をしている。彼がいま貼ろうとしているのは、まぎれもなく、わたし達のライヴのチラシだった。見れば、自転車のカゴには、チラシがひと束入っている。

「PRに協力してくれてるんだ……」

わたしは言った。深山は、ポケットからハンカチを出すと、額《ひたい》の汗をぬぐった。いま上着は着ていない。ワイシャツにネクタイ姿だった。それでも、かなり暑そうだ。深山は、顔の汗をぬぐいながら、

「これも仕事ですよ」

と言った。

「そっか……」

わたしは、つぶやいた。

「もし、あの店が潰《つぶ》れたら、私としては、非常に困りますから」

「……でも、お店や土地が担保になってるんでしょう？　最悪の場合は、それを差し押さえるんじゃないの？」

わたしは言った。

「まあ、そうなんですが、担保物件を差し押さえるような事態というのは、銀行にとっては、大失敗なんです。普通なら、あってはならないことなんです。あくまで、現金で返済してもらうというのが、銀行業務の基本ですから」

「……へえ……そうなんだ……」

「そうなんです。だから、シーサイド55には絶対に潰れてもらいたくないんです」

と深山。メタル・フレームを、持ち上げる。

「あなた達は、チラシ貼りなんかしてないで、ミュージシャンとしての練習をしてください。チラシは、私がやります」

深山は言った。わたしの手から、チラシの束を引ったくる。自転車のカゴに入れた。

「じゃ、練習ですよ、練習」

と言った。自転車をこいで、走り去っていった。わたしと久実は、口を半開きにして、その後ろ姿を見送った。

20　ファースト・ステージは午後七時

ライヴ当日が、やってきた。

もう三日前に、梅雨あけ宣言は出ている。朝から、カリッとした陽射しが照りつけていた。久実は、庭のトマトとキュウリに水を撒《ま》いている。午後三時過ぎ。犬のヨシアキにエサと水をあげ、わたし達は家を出た。

〈シーサイド55〉にいく。店に入ると、山さんがカウンターを拭《ふ》いていた。

いつもと、少し感じが違うのを、わたしは感じた。店の中の空気が違うのだ。これまでは、客が少ないせいか、店内の空気がよどんだ感じだった。どことなくホコリがつもっているような臭《にお》いもしていた。

それが、今日は違う。ホコリっぽい臭《にお》いが全くしない。事実、テーブルやフロアは、よく磨かれているようだ。わたしが店内を見回していると、

「昨日一日かけて、大掃除したんだ」

と山さん。

「なんせ、三年ぶりのライヴだからな」

と言った。カウンターの上を、きれいに拭いている。その表情も、これまでとは違う。ちょっと無気力な印象だった眼の中に、いまは強い光が感じられた。


ステージには、もう、マイクがセットされていた。一メートルぐらい離して、スタンドのついたマイクが二本並んでいる。

わたし達は、さっそく、一、二曲、やってみることにした。山さんが、ＰＡのスイッチを入れてくれた。わたしが試しに声を出す。山さんが、音量やリヴァーヴのかかり具合を調整してくれた。

そして、練習がてら、三曲ほど、久実と一緒に唄《うた》った。山さんは、客席で聴いている。時どき、山さんが、ＰＡの調整をしている。三曲唄い終わったところで、

「オーケイ」

と言った。

太陽の位置が、かなり低くなってきていた。もうすぐ、西側の伊豆半島にかかるだろう。ライヴ開始まで、あと一時間とちょっと、わたしは、店の近くの砂浜にいた。浜に上げてある貸しボートに、腰かけていた。少し涼しくなってきた風が、わたしのTシャツを揺らせている。

わたしは、ウクレレをさらりと弾く。口ずさむという感じで、唄いはじめた。曲は、〈I'll Remember You《アイル・リメンバー・ユー》〉。T《テレサ》・ブライトなども唄っている。ハワイのスタンダード・ナンバーだ。〈ザ・ライス〉のレパートリーには入っていない。

I'll Remember You……

（あなたを忘れない）

この、〈あなた〉は、もちろん、ロビンのことだ。彼に語りかけるような気持ちで、わたしは、口ずさむ……。

Endless Summer Is Gone

（エンドレス・サマーは去ってしまい）

I'll Be Lonely……

（わたしは一人ぼっちになってしまう）

……Love Me Always, Promise Always……

（わたしをいつも愛していると約束して……）

少し物悲しく、同時に美しいメロディを、わたしは唄い終わる。そして、しばらくもの想いにふけっていた。

ある人が書いていたことを思い出していた。人は、何かを失ない、何かを得ながら、生きていくのだと……。そうなのかもしれない。

海は、わたしから口ビンとの恋を奪った。そして、海はまた、唄うことを、わたしに与えてくれた。友とともに唄うことを、与えてくれた……。そう思えないこともない。

わたしが、そんなことを思っていると、後ろで足音がした。ふり向く。昭一郎だった。

こっちへ歩いてくる。

「もう、客が入りはじめてるぜ」

と言った。

わたしと昭一郎は、ゆっくりと、砂浜を歩く。

「かなり、客の入りがいいみたいだ」

昭一郎が言った。

「へえ……。チラシが効《き》いたのかしら……」

「それもあるだろうが、あの店で三年ぶりのライヴってのに、みんな注目してるんじゃないか？」

「…………」

「あんなに音楽についてうるさい山さんが、店で三年ぶりのライヴをやることになった……。それが、まず、話題になってるみたいだな。あの山さんが、店で演《や》らせる気になった、それはどんなミュージシャンなんだっていうのも、みんな気になるようだしな……」

と昭一郎。わたしは、うなずきながら歩いていく。砂浜から、海岸通り134号に上がる。道路を渡った。

確かに、店の前の駐車スペースには、車が一杯になっている。半分、道路にはみ出して駐《と》めようとしている車もいる。わたしと昭一郎は、店のわきに回った。窓からちらりと中を見る。もう、八割がた、客席はうまっていた。山さんが、てんてこまいで、飲み物を出している。

「え⁉……唄えない？」

わたしは、思わず久実に訊《き》き返した。六時五〇分。ライヴがはじまる一〇分前だ。

わたしと久実は、店の裏にいた。店の裏口を出ると、そこに、狭いあき地がある。山さんの軽自動車が駐まっている。プラスチックのゴミ箱がある。ビールのケースも、いくつか置かれている。そこが、いわば、出演者の楽屋なのだ。

わたしは、ビールのケースに腰かける。最後のチューニングをしようと、ウクレレを手にしていた。その時、裏口から久実が出てきた。その顔が、蒼白《そうはく》だ。

「……駄目だよ……わたし……あんな大ぜいの人の前で、唄えない……」

いまにも泣き出しそうな表情で、久実は言った。見れば、その体が、小刻みに震えている。

「駄目だ……新潟に帰る……」

と久実。わたしは、

「わかった、わかった。新潟にはいつでも帰れるんだから、ちょっと待ってて」

と言った。裏口を開けて、店の中に入った。客席は、満員だった。奥の方には立っている人もいる。店内に熱気があふれていた。カウンターの中では、山さんが、す早く手を動かしている。その隣りで、ビールの栓を抜いているのは、なんと銀行の深山だった。ワイシャツの袖《そで》をまくり上げ、BUD《バドワイザー》の瓶を開けている。汗だくで……。

わたしは、山さんのところにいく。耳もとで、頼みごとをした。山さんは、うなずいた。三〇秒ほどで、それをつくってくれた。わたしは、そのグラスを持って裏口を出た。ビールのケースに腰かけている久実に、

「ほら、これ飲んで」

と言って、グラスを渡した。

「これ……」

「ジュースよ。グレープフルーツ・ジュース。飲んでみなさい。少しは気持ちが落ち着くかもよ」

わたしは言った。久実は、なんとなくうなずく。グレープフルーツ・ジュースを飲んだ。ふたくち、ぐいと飲んだ。もちろん、それは、ただのジュースじゃない。ウォッカが少量入っている。山さんにつくってもらった、薄目のソルティ・ドッグだ。

三分ほどかけて、グラス半分ほど飲んだ。やがて、久実の頰に、赤味がさしてきた。体の震えが、止まった。

「どう？　少しは落ち着いてきた？」

と、わたし。久実は、こくりとうなずいた。アルコールがちょっと廻《まわ》ってきたらしい。

「どう？　やれそうな気がする？」

久実は、また、うなずく。

「うん……。やれそうな気になってきた」

と言った。それ以上飲ますと、今度は、酔っぱらってしまう。わたしは、久実の手からグラスを取り上げる。腕時計を見た。七時四分過ぎ。1《ワン》ステージ目をはじめる時間だ。

「じゃ、いこうか」

わたしと久実がステージに上がると、スポットライトがついた。斜め上から、弱めのスポットライトが当たった。同時に、拍手がわき上がった。

わたしは、深呼吸。友達のパーティーだと思えばいいんだと、自分に言いきかせた。

店内を見回す。お客は、いろいろだった。若いサーファー風の連中もいれば、おじさん年齢の人もいる。みんな、飲んだり食べたりしていた手を止めて、こっちを見ている。昭一郎は、奥の壁にもたれている。わたしは、マイクの前にいく。微笑し、

「アロ～ハ」

と言った。すぐに唄《うた》いはじめることになっていた。隣りの久実を見た。久実も、ウクレレを手にマイクの前に立っている。わたしは眼で、〈いくわよ〉と言った。久実が、かすかにうなずき返した。わたしは、出だしの合図《カウント》を、小声で言った。1《ワン》をはぶいて、

「……2《ツー》……3《スリ》……4《フォー》……」

そして、イントロを弾きはじめた。久実は、ダウンストロークで弾く。わたしは、アルペジオで弾く。押さえたコードの弦を、親指で一本ずつ弾いていく。

C……F……G$_7$……C……F……G$_7$……。

そして、唄いはじめた。

I Bless The Day I Found You
I Want To Stay Around You……

どうやら、うまくハモッているようだ。わたし達は、ゆったりとしたテンポで唄う。1《ワン》コーラス……2《ツー》コーラス……。そして、サビの部分。ここは、わたしのソロだ。わたしは大きく息を吸い込む。

Each Time We Meet Love
I Find Complete Love
Without Your Sweet Love
What Would Life Be……

思いきり。力の限り。心を込めて、わたしは唄う。何もかも忘れていた。ひたすら唄っていた……。

サビが終わり、最初のメロディに戻る。また、久実と二人でハモる……。

……やがてくる曲のラスト。

Let It Be Me……

それを三回リフレインして、ゆったりと、曲は終わった。終わると同時に、客席から拍手がわき上がっていた。厚みのある拍手が、わき上がっていた。わたしと久実は、顔を見合わせた。久実の頰は、少し上気して赤味がさしている。けれど、表情は落ち着いていた。

一曲やり終えて、だいぶ落ち着きをとり戻したようだ。

それからの六曲。わたし達は、夢中で唄った。ひたすら、夢中で、けれど力一杯、唄った。

やがて、1《ワン》ステージ目のラストの曲、ビートルズの〈In My Life《イン・マイ・ライフ》〉。静かだけれど美しいメロディ……。わたしと久実の声が、水の流れのように店内に響いていく。それも、曲のエンディングにさしかかっていた。

In My Life I'll Love You More……

そのフレイズをリフレイン。静かに終わる……。わたしと久実は、最後のコードDを、ゆったりと弾いた。弾き終わった。静寂……。

そして五秒……。ものすごい拍手と歓声が店に響いた。気がつくと、お客全員が、立ち上がっていた。わたしは、自分の腕に、鳥肌が立っているのを感じていた。立ち上がって拍手をしているお客達に、

「マハロ！（ありがとう）」

とだけ言った。

わたしと久実は、ゆっくりと、ステージをおりた。そのまま、店の裏口を出た。熱気にあふれた店から出ると、涼しい空気が、わたし達を包んだ。

わたしの後ろから、久実が抱きついてきた。片手にウクレレを持ったまま、抱きついてきた。

わたしの背中に、久実の顔が押しつけられているのを感じる。やがて、熱いものを感じ

た。どうやら、それは涙らしかった。久実は、しゃくり上げている。わたしの背中に顔を押しつけて、しゃくり上げている。

わたしも、自分の頰に涙がつたうのを感じていた。けれど、気にならなかった。涙は、どんどん、あふれてくる……。

店の中からは、まだ、拍手や歓声が聞こえていた。

「……できたんだね……わたし達……」

久実が、涙声で言った。わたしは、うなずいた。頰の涙をぬぐいもせずに、うなずいた。そして、

「……やれたんだよ……わたし達……」

と言った。背中に押しつけられている久実の顔が、何度も、うなずいた。わたしは、大きく息を吸った。日本に来てから、悲しみの涙は何回となく流してきた。けれど、こういう涙は、なんてひさしぶりなんだろう……。そう思った。

息を吐き出しながら、顔を上げた。空を見上げた。空が、涙でぼんやりとしている。わたしは、右手の指で、そっと、涙をぬぐった。湘南の空に、今夜は珍しく星がまたたいていた。わたしは、星空を、じっと見上げていた。星たちが、また涙でにじみはじめるのも気にせずに……。店内の拍手は、まだ続いている。

あとがき

その日も、南洋の島にいた。場所はサイパンだった。

広告のロケだった。テレビCF、ポスターなどが連動したキャンペーンなので、二週間をこえるロケになっていた。

僕は、CFのディレクターで、同時にコピーライターでもあった。気の合ったスタッフと一緒に、撮影を進めていた。

広告制作の仕事は好きだった。けれど、僕の興味は、小説の方に移りはじめていた。CFのコンテも、短編小説のようなものばかり考えるようになっていた。自分の中では、そろそろ小説を書きはじめる準備ができていたと思う。

とはいうものの、どんな物語を書きたいのかが、見えてこなかった。ぼんやりとしたイメージはあるのだけれど、いまひとつ、それが明確ではなかった。そんな頃のサイパン・ロケだった。

いまでも覚えている。あれは、水曜日だった。

僕は、現地コーディネーターの車で、ロケ現場に向かっていた。錆《さ》びの浮き出たワゴンで、陽射しの中を走っていた。ふと、カーラジオから流れてくる曲に気づいた。たぶん、初めて聴く曲だった。一九五〇年代か六〇年代の曲だろう。女性コーラス・グループが唄《うた》っていた。明るい。けれど、どこか切なさを感じさせる曲だった。

僕は、自分の脈拍が少し早くなっているのを感じていた。身じろぎひとつせず、その曲を聴いていた。全身が耳になったような気分だった。

やがて、三分たらずのその曲は終わった。僕は茫然《ぼうぜん》としていた。茫然としながらも、ある思いがわき上がるのを感じていた。

その思いとは、こうだ。あの曲のような小説を書いてみたいということだった。あの曲のように、明るさと、一種の切なさを、あわせ持った物語を書いてみたいという思いだ。

ぼんやりしていたイメージが、急にはっきりとしていくのを僕は感じていた。書けそうな気がしてきた。

日本に帰るとすぐ、原稿用紙に向かった。心の中では、つねにあの曲が流れていた。一週間ほどで、約八〇枚の小説が書き上がった。あのバラードとサイパンの陽射しがくれた物語だった。その小説は、文芸雑誌の新人賞を受賞し、僕は小説家としてのスタートを切った。

それ以来、音楽はつねに僕のそばにあった。当然のように、ミュージシャンを主人公にした物語も書いた。『ポニー・テールは、ふり向かない』。確か、一九八五年に角川文庫に収録されている。『ポニー・テール』の主人公はドラム叩《たた》きだ。そのためか、8ビートで駆け抜けるような文体になっている。それはそれで良かったと思っている。

そしていま、僕は再び音楽をモチーフにした小説を書きはじめた。その理由は、わかっている。『ポニー・テール』で書けなかったことを書きたかったのだ。『ポニー・テール』では、スピード感にまかせてペンを走らせた。そのスピードの速さのため、描けなかったことも数多くある。

その最大のことは、人と音楽のかかわり合いだ。楽器を演奏し、唄うことで、人は何を得るのか……。音楽は、どんな風に、人を挫折《ざせつ》や失意から救ってくれるのか……。そのあたりのことに正面から向き合って、できるだけきめ細かく描きたかったのだ。そんな気持ちで書いたこの物語が、読んだ人の心に心地良いバラードを奏《かな》で、少しでも勇気や元気を与えてくれたら嬉《うれ》しい。

今回の小説の、もうひとつの重要なキャラクターは、ウクレレでしょう。ウクレレは、いい意味で軽く、カラリとした音がします。たとえ物語の中に重い部分があったとしても、そこにウクレレの音色が流れれば、ハワイのようなカラリと軽い風が吹いて、物語を爽《さわ》やかなものにしてくれると感じました。ストーリーの中に出てくる村田さんというウクレレの達人は、もちろん、湘南《しょうなん》の達人、田村一雄さんです。田村さんはいま、鎌倉にある〈PAHOA《パホア》〉というお店で、ウクレレ教室やオリジナル・ウクレレの販売をやっておられます。ウクレレに興味のある方は、ぜひ一度、お店を訪ねてみては……。お店は、小説に出てくる、そのまんまの雰囲気です。(〈PAHOA〉のTEL　0467・61・2927)

今回も釣りの場面が大事なところで出てきました。あの昭一郎がやっていた釣り方は、いわばスポーツ・フィッシングともいえるわけで、海を汚さない釣り方ですね。

僕が入っているJ.G.F.A.(ジャパン・ゲームフィッシュ協会)では、そういう自然環境を守りながら楽しく釣りたいという仲間が集まっています。けれど、何がなんでも、キャッチ&リリースということでは全くありません。あんまり小さい魚は逃がそう、必要以上の釣り過ぎはやめようという、当たり前のことをやっている仲間達です。興味がある人は、連絡をしてみてください。日本記録、世界記録がとれるかも。(J.G.F.A.問合せ。TEL　03・5423・6022　FAX　03・5423・6023)

僕の船〈マギー・ジョー〉では、一緒に大物カジキを狙う仲間を募集しています。一度は、大物とファイトしてみたい方は、最後にあるファン・クラブの方に連絡をください。

いつも僕の船〈マギー・ジョー〉の世話をしてくれている葉山マリーナと、サービスセンター葉山の皆さん、ありがとう。

毎回、原稿が遅くて苦労をかけている角川書店の蒲田麻里さん、今回もお疲れさまでした。そして、この本を手にしてくれたすべての読者の方へ、サンキュー。また会える時まで、少しだけグッドバイです。

(次回、光文社文庫の流葉シリーズは、一一月一〇日頃に発行予定です)

梅雨あけを待つ葉山で　喜多嶋　隆

〈喜多嶋隆ファン・クラブ案内〉

〈芸能人でもないのに、ファン・クラブなんて〉とかなり照れながらも、熱心な方々の応援と後押しではじめたファン・クラブですが、好評で、もう発足四年半を過ぎました。このクラブのおかげで、読者の方々とのふれあいが出来るようになったのは、大きな収穫でした。

〈ファン・クラブが用意している基本的なもの〉
①会報——僕の手描き会報。水彩によるイラスト入りです。近況、仕事の裏話、ショート・エッセイ、サイン入り新刊プレゼントなどの内容が、ぎっしり入っています。
②『ココナッツ・クラブ』——僕がこのために書いた短編小説を、プロのナレーターに読んでもらい、洒落《しやれ》たBGMをつけた三〇分のプログラムです。カセット・テープとCDの両方を用意してあります。エンディング・テーマは、僕が仲間とやっているバンド〈キー・ウエスト・ポイント〉が演奏します。プログラムの最後に、僕自身がしばらくおしゃべりしています。

③ホーム・ページ――会員専用のHPです。掲示板、写真とコメントによる〈喜多嶋隆プライベート・ダイアリー〉などなど……。ここで仲間を見つけた人も多いようです。

さらに、

★年に二回は、葉山マリーナなどでファン・クラブのパーティーをやります。二カ月に一度は、ピクニックと称して、わいわい集まる会をやっています（もちろん、すべて、喜多嶋本人が参加します）。今年からは、関西はじめ、地方でも、本人参加のこういう集まりをやるつもりです。

★当分、本になる予定のない仕事（たとえば、ハワイのアロハ航空《エアー》の機内誌に連載しているフォト・エッセイ）などを、出来る限りプレゼントしています。他にも、雑誌にショート・ストーリーを書いた時、インタビューが載った時などもお知らせします。

★もう手に入らなくなった昔の本を、お分けしています。

★会員には、僕の直筆によるバースデー・カードが届きます。

★僕の船〈マギー・ジョー〉による葉山クルージングという企画をはじめました。

★僕の本に使った写真をプリントしたTシャツやトレーナーを毎年つくっています。

※その他、ここには書ききれない、いろいろな企画をやっています。興味を持たれた方

は、お問合せください。くわしい案内書を送ります。

会員は、A、B、C、三つのタイプから選べるようになっていて、それぞれ月会費が違います。

A――毎月送られてくるのは会報だけでいい。
〈月会費　600円〉

B――毎月、会報と『ココナッツ・クラブ』をカセットテープで送ってほしい。
〈月会費　1500円〉

C――毎月、会報と『ココナッツ・クラブ』をCDで送ってほしい。
〈月会費　1650円〉

※A、B、C、どの会員も、これ以外の会員としての特典は、すべて公平です。

※新入会員の入会金は、A、B、C、に関係なく、3000円です。
くわしくは、左記の事務局に、郵便、FAX、Eメールのいずれかでお問合せください。

住所　〒249-0007　神奈川県逗子市新宿3の1の7〈喜多嶋隆FC〉
FAX　046・872・0846
Eメール　coconuts@jeans.ocn.ne.jp

※お申込み、お問合せの時には、お名前と住所をお忘れなく。

作中の歌詞は、以下の作詞より引用いたしました。

「And I love her」作詞・作曲　John Lennon／Paul McCartney
「Without You」　作詞　William Pepe Ham／Tom Evans
「To Know Him Is To Love Him」作詞・作曲 Philip Spector
「Let It Be Me」作詞 Pierre Delanoe／Curtis Mann
「I'll Remember You」作詞・作曲 Kui Lee

Sing《シング》

海《うみ》がくれたバラード

喜多嶋《きたじま》 隆《たかし》

角川文庫 13010

平成十五年七月二十五日　初版発行

発行者——田口恵司

発行所——株式会社角川書店

東京都千代田区富士見二—十三—三

電話　編集(〇三)三二三八—八五五五

営業(〇三)三二三八—八五二一

〒一〇二—八一七七

振替〇〇一三〇—九—一九五二〇八

印刷所——旭印刷　製本所——コオトブックライン

装幀者——杉浦康平

き 7-25　ISBN4-04-164638-3　C0193

角川文庫発刊に際して

角川源義

第二次世界大戦の敗北は、軍事力の敗北であった以上に、私たちの若い文化力の敗退であった。私たちの文化が戦争に対して如何に無力であり、単なるあだ花に過ぎなかったかを、私たちは身を以て体験し痛感した。西洋近代文化の摂取にとって、明治以後八十年の歳月は決して短かすぎたとは言えない。にもかかわらず、近代文化の伝統を確立し、自由な批判と柔軟な良識に富む文化層として自らを形成することに私たちは失敗して来た。そしてこれは、各層への文化の普及滲透を任務とする出版人の責任でもあった。

一九四五年以来、私たちは再び振出しに戻り、第一歩から踏み出すことを余儀なくされた。これは大きな不幸ではあるが、反面、これまでの混沌・未熟・歪曲の中にあった我が国の文化に秩序と確たる基礎を齎らすためには絶好の機会でもある。角川書店は、このような祖国の文化的危機にあたり、微力をも顧みず再建の礎石たるべき抱負と決意とをもって出発したが、ここに創立以来の念願を果すべく角川文庫を発刊する。これまで刊行されたあらゆる全集叢書文庫類の長所と短所とを検討し、古今東西の不朽の典籍を、良心的編集のもとに、廉価に、そして書架にふさわしい美本として、多くのひとびとに提供しようとする。しかし私たちは徒らに百科全書的な知識のジレッタントを作ることを目的とせず、あくまで祖国の文化に秩序と再建への道を示し、この文庫を角川書店の栄ある事業として、今後永久に継続発展せしめ、学芸と教養との殿堂として大成せんことを期したい。多くの読書子の愛情ある忠言と支持とによって、この希望と抱負とを完遂せしめられんことを願う。

一九四九年五月三日

角川文庫ベストセラー

角川文庫ベストセラー

ぼくとミセス・ジョーンズの夏　喜多嶋　隆

大学一年の夏、湘南の葉山マリーナでバイトしていた青年が米軍将校の妻に恋をして……。真摯に海と向かい合う人生を描いた青春ラブストーリー。

君といたホノルル　喜多嶋　隆

探偵事務所を開いて一年目、沢田麻里は太極拳教室の師匠、至さんからある相談を受け……。ほろ苦いラストが胸をしめつける感動作！

再会のシンガポール・スリング　喜多嶋　隆

「この街の素顔が見られる所へ」卒業旅行にシンガポールにきた久美はタクシーに飛び乗るが……。真摯に人生に向かう女性を描いた珠玉の短編集。

ハイビスカスが散った　喜多嶋　隆

探偵・マリーの元に若き上院議員リック・シンプソンの身辺警護の依頼が舞い込んだ。夢を追い続けることの大切さを感じさせる恋愛サスペンス。

800　川島　誠

まったく対照的な二人の高校生が800mを走り、競い、恋をする——。型破りにエネルギッシュなノンストップ青春小説！（解説・江國香織）

セカンド・ショット　川島　誠

淡い初恋が衝撃的なラストを迎える幻の名作「電話がなっている」をはじめ、思春期の少年がもつ素直な感情が鏤められたナイン・ストーリーズ。

もういちど走り出そう　川島　誠

インターハイ三位の実力を持つ元400mハードル選手が順調な人生の半ばで出逢った挫折と再生を、繊細にほろ苦く描いた感動作。（解説・重松清）

角川文庫ベストセラー